Timo Vega

Sechser-Vergnügen

Anstatt mit seinen besten Freunden Martin und Tarek einen Super-Single-Goes-Gay-Pride-Urlaub zu verbringen, entwickeln sich die Dinge für Jonah ganz anders, der sich plötzlich mit zwei frisch verliebten Pärchen und einem Blind Date, das nicht so richtig zu ihm passen mag, in einem Ferienhaus abseits der queeren Szene wiederfindet. Und als wäre die ungewöhnliche Konstellation nicht schon kompliziert genug, taucht da plötzlich auch noch Yannick auf und sorgt für mächtig Gefühlschaos in der Villa. Mit zynischer Komik werden Freundschaften und Beziehungen auf die Probe gestellt und nicht zuletzt um die wahre Liebe gekämpft.

#Sommerliebe #Freundschaft #Gaylove

Timo Vega

Sechser-Vergnügen

Zweite Auflage

Impressum

Bibliografische Information der Deutschen Nationalbibliothek: Die Deutsche Nationalbibliothek verzeichnet diese Publikation in der Deutschen Nationalbibliografie; detaillierte bibliografische Daten sind im Internet über http://dnb.dnb.de abrufbar.

© 2025 Timo Vega – zweite Auflage
Coverdesign: Timo Vega
Fotos: pexels-tim-mossholder-10681858und iStock-1607804323–
Bearbeitung durch Timo Vega
Verlag: BoD · Books on Demand GmbH, In de Tarpen 42,
22848 Norderstedt, bod@bod.de
Druck: Libri Plureos GmbH, Friedensallee 273, 22763 Hamburg
ISBN: **978-3-8391-3066-7**

*

Dieser Urlaub schien bereits am Frankfurter Flughafen eine Katastrophe zu werden. Ich hatte für die Reise wahrlich genug Kompromisse in Kauf genommen, doch als ich nun zum ersten Mal meinem Blind Date gegenüberstand, hätte ich unsere Spanien-Reise am liebsten abgebrochen. In Gedanken ging ich nochmal die einzelnen Paragrafen meiner Reise-Rücktrittversicherung durch. Griff diese auch bei vorübergehendem Realitätsverlust während der Planungsphase? Dabei hätte alles so perfekt werden sollen...

Die Idee, mit meinen besten Freunden Tarek und Martin einen unvergesslichen Urlaub zu verbringen, nahm beim letzten Jahreswechsel zum ersten Mal Gestalt an. Wir waren gemeinsam zu einer privaten Silvesterparty bei einem Bekannten eingeladen, der erst kürzlich mit seinem Freund zusammengezogen war. Was zunächst als geselliger Ausklang des alten Jahres begann, mit einem aufwendigen Silvester-Dinner und festlicher Dekoration, endete zunehmend in einer grotesken Vorführung ihres beneidenswert schicken Lifestyles. Offenkundig staunten ihre Gäste über die teuren Designermöbel und hochwertigen Dekorationsgegenstände, die *Tine Wittler* persönlich hätte nicht besser zum Einsatz bringen können. Darüber hinaus folgten romantisch witzige Anekdoten ihrer letzten Reise, die keinen Zweifel daran ließen, wie herrlich sie gewesen sein musste. Und über alledem lagen zigtausende kleine und große, eklig süße Liebesbekundungen, die von den versammelten Gästen mit rührseligen *oohs* und *ahhs* gehuldigt wurden. Kurzum, sie repräsentierten alles, was ich mir auch wünschte. Je weiter sich die Zeiger der Uhr dem Jahreswechsel näherten, desto mehr Neid schäumte in mir auf. Und spätestens mit dem ersten Sektrausch war ich völlig geknickt und zermarterte mir den Kopf, warum mir eine erfolgreiche Beziehung nicht gelingen wollte. Meinen besten Freunden ging es ähnlich. Sie trugen beide jenes große Fragezeichen in ihren Gesichtern, das auch in mir arbeitete und an meinem Selbstwert kratzte. Tarek und Martin würden schon bald zweiunddreißig werden, und mich hatte die große drei im letzten November ebenfalls eingeholt. Keiner von uns hatte es bislang fertiggebracht eine gesunde Partnerschaft einzugehen. Ich hatte mich diesen Sommer erst frisch getrennt. Zwölf Wochen hatten wir durchgehalten, davon drei im Streit. Das war sicherlich kein Beziehungsrekord, aber die kurze Zeit hatte sich intensiv angefühlt. Über die Trennung war ich beindruckend schnell hinweggekommen, aber dieser verdammte Jahreswechsel stimmte mich ernsthaft sentimental.

„Wisst ihr, was wir brauchen?" Mir kam plötzlich *die* Idee und ich schreckte damit die Jungs aus ihren trüben Gedanken. Beide schauten träge auf und schüttelten ahnungslos die Köpfe.

„Einen fantastischen Urlaub."

Ungläubiges Schweigen.

„Ihr wisst schon: einen unvergesslichen Single-Urlaub. Gaypride, Maspalomas, Kanaren! Was sagt ihr dazu?"

Martin und Tarek wurden allmählich aufmerksamer. Augenscheinlich waren sie für jeden Hoffnungsschimmer offen, der ihre geschwärzte Stimmung aufheiterte.

„Schaut mal, es gibt sogar noch Zimmer, nicht weit vom Yumbo Centrum entfernt."

Ich hatte mein Smartphone gezückt und tippte nun aufgeregt darauf herum.

„Stellt euch mal die Szenerie vor: Eine Gay-Bar reiht sich an die nächste. Knackige Jungs flanieren an uns vorbei, während wir schon mittags unsere ersten Mojitos in den Straßencafés genießen. Nachts tanzen wir bis zum Morgengrauen in den Clubs, lernen neue Leute kennen und knutschen mit heißen Typen. Und am Tag erholen wir uns in den Dünen von Maspalomas, wo pralle Pobacken und geölte Kerle mit der Sonne um die Wette strahlen..." Ich übertrieb maßlos und zuckte dazu vielsagend mit den Augenbrauen. Im Hintergrund raunte schon wieder ein rührseliges *Ach, wie süß!* durch den Raum, das mir eine Gänsehaut bescherte. Offenbar war wieder eine kleine Schmalzparade unseres Gastgebers dargeboten worden. Spätestens jetzt war auch Tarek von meiner Idee angetan.

„Hast du mal auf die Preise geschaut?! Das kostet uns ein Vermögen." Martin tippte nun ebenfalls auf seinem Smartphone herum.

„Martin!" Tarek verzog empört das Gesicht. „Das wird durch die Kerle wieder amortisiert."

Tarek war kein Kostverächter, wenn es um Männer ging. Der attraktive Deutsch-Türke machte viele Bekanntschaften und hatte in einem Monat mehr

Dates als ich im gesamten Jahr. Leider suchten die Typen häufig nur ihren kurzweiligen Spaß mit ihm, während er sich aus so manchem Amoureusement eine Beziehung versprach. Die Enttäuschung folgte meist gleich tags darauf, wenn er im Morgengrauen erwachte, nach einer leeren Bettseite tastete und begriff, dass er wieder einmal nur für eine einzige Nacht benutzt worden war. Sein fröhliches Gemüt ließ er sich davon jedoch nicht trüben und zog stets ein positives Resümee aus seinen nächtlichen Abenteuern.

„Schon klar! Aber die Preiiiseee!" Martin hielt ihm sein Smartphone entgegen, auf dem eine vierstellige Zahl mahnend aufblitzte. „Und das sind Euro – keine Pesetas!"

„Tinchen, wie viele Männer hattest du im vergangenen Jahr?", konterte Tarek.

„Keinen, aber..." Martin hasste es, wenn Tarek ihn *Tinchen* nannte.

„Und wie viele hattest du überhaupt?", unterbrach ihn der hübsche Südländer.

Martins beschämtes Schweigen rief in mir eine gewisse Unbehaglichkeit hervor. Ich kannte das Dilemma meines besten Freundes. Während seiner Schulzeit kämpfte er nicht nur mit Übergewicht, sondern litt vielmehr noch unter den hämischen Bemerkungen seiner Mitschüler. Immer wieder war er heimlich in Klassenkameraden verliebt gewesen, die er jedoch nicht wagte anzusprechen. Anstatt eine schmerzhafte Ablehnung zu riskieren, wählte er die Einsamkeit und bevorzugte es, seine Mitschüler aus der Ferne zu bewundern. Oftmals, wenn ihn Liebeskummer zu sehr bedrückte, hatten Tarek und ich ihn aufgemuntert und ermutigt, seinen Auserwählten auf eine Cola einzuladen. Doch kurz darauf bewahrheiteten sich Martins Befürchtungen, denn die attraktiven Jungs interessierten sich nicht für dickliche Typen wie ihn. Das tat mir unendlich leid, gerade weil er schon immer ein unglaublich lieber und sensibler Mensch war. Vor einigen Jahren hatte er schließlich begonnen gegen sein Übergewicht anzugehen. Was zunächst mit unschuldigen Spaziergängen und ein paar wenigen Stunden im Fitnessstudio begann, weitete sich rasch in obsessives Ausdauertraining und einer kompletten Ernährungsumstellung aus. Bis er schließlich sogar regelmäßig an Laufwettkämpfen teilnahm, wo er seine Zeiten im Halbmarathon kontinuierlich verbesserte. Mit seiner eisernen Disziplin hatte er sich zu einem sportlichen jungen Mann, mit beneidenswert toller Figur transformiert. Im Kampf mit dem mangelnden Selbstwertgefühl ging er allerdings noch immer als Verlierer hervor, denn trotz seiner attraktiven Erscheinung blieb er innerlich der übergewichtige Schüler, voller Angst vor Zurückweisung.

„Es wird Zeit, dass wir dich wieder aufs Pferd bringen!"

„Ich denke darüber nach, Tarek!", antwortete er und kaute auf der Unterlippe.

Vielleicht war es der erkenntnisreichen Silvesterparty zu verdanken, vielleicht auch den bevorstehenden Geburtstagen, jedenfalls durchforsteten wir in den darauffolgenden Wochen beinahe täglich die gängigen Onlineportale nach Angeboten. Selbst Martin hatte sich mit den gehobenen Kosten arrangiert und gestaltete unsere Reisepläne aktiv mit. Wir favorisierten schließlich ein Hotel, nahe den berüchtigten Dünen, und waren uns im Prinzip schon einig darüber, dass dies unsere *Super-Single-Goes-Gay-Pride-Unterkunft* werden würde, doch dann nahm das Leben eine unerwartete Wendung, denn Martin begegnete *Juan Pablo*.

*

Wir waren mal wieder in unserer Lieblings-Szene-Bar versackt, welche nahezu jedes Wochenende ein neues Party-Motto erfand. Heute war mexikanische Nacht, also zu jedem Desperados-Bier einen Tequila gratis, um den Einstand des neuesten Thekenboys zu feiern: Juan Pablo. Kurz genannt Pepi – einundzwanzig Jahre jung, laut, bunt, kaum bekleidet und mit zahlreichen Tattoos verziert. Schnell hatte der junge Mexikaner Martins Aufmerksamkeit für sich gewinnen können, denn dieser stand schon immer auf zierliche Latinos, mit ebenmäßigen Gesichtszügen und engen Hüften. Während des Abends wechselten die beiden zunächst kontinuierlich Blicke, was Martin sichtlich Überwindung kostete. Pepi fand direkt Gefallen an Martins schönen blauen Augen und dem blonden Bartflaum. Bei jeder sich bietenden Gelegenheit kam er an unseren Tisch und suchte das Gespräch mit Martin. Dabei brachte er ihn mit seinen Schlagfertigkeiten zum Lachen. Martin erblühte zusehends bei so viel bereitwilliger Aufmerksamkeit und nur wenige Tequila-Runden später lagen sich die beiden knutschend in den Armen. Das hieraus eine ernsthafte Beziehung werden könnte, hatte zu diesem Zeitpunkt keiner von uns vermutet. Generell waren wenige Jungs in den frühen Zwanzigern darauf aus, eine feste Beziehung mit einem beinahe fünfzehn Jahre älteren Mann einzugehen. Die Interessen waren dafür viel zu unterschiedlich und die Vorstellung von Partnerschaft ging hier weit auseinander. Die allermeisten Jungs strebten zunächst einmal danach, ihre Unabhängigkeit zu genießen, nachdem sie das Elternhaus verlassen hatten. Daher hatten sie wenig Interesse an bürgerlichen Beziehungsstrukturen. Selbstbestimmung und Hedonismus waren für jene Generation wesentlich reizvollere Attribute.

Pepi überzeugte uns jedoch vom Gegenteil, ging noch in derselben Nacht für einen Quickie mit zu Martin und war, zu aller Verwunderung, kurz darauf mit einem Rucksack voll Kleidung bei ihm eingezogen. Martin sprach bald davon, in ihm einen festen Partner gefunden zu haben. Wir taten uns mit dieser Vorstellung schwer. Sowohl optisch als auch charakterlich, gaben die beiden ein wenig stimmiges Bild ab. Martin war ein durch und durch bodenständiger Mensch, der durch seine elegante Zurückhaltung bestach, während Pepi funkelte und glitzerte, wie ein geschmücktes Zirkuspferd. Darüber hinaus wartete der schillernde Mexikaner mit witzig-vulgären Sprüchen auf und übertönte alles und jeden in der verrauchten Szenenbar. Doch entgegen aller Skepsis funktionierte ihre Beziehung und hielt Woche für Woche an. Während dieser Zeit verebbte Martins Euphorie für unsere *Super-Single-Goes-Gay-Pride-Reise* merklich. Und selbst als wir vorschlugen, seinen Pepi mitzunehmen, änderte sich nichts an seiner Zurückhaltung. Immer wieder kamen fadenscheinige Einwände seinerseits. Insgeheim hatte er Angst davor, dass ihm sein perfekter Boyfriend, auf einer Insel voller attraktiver schwuler Männer, ausgespannt werden könnte. Unsere Reiseplanung stagnierte daher zunächst.

*

Nahezu zeitgleich gestand mir auch Tarek, in einem stillen Moment, dass er schon eine Weile mit einem Typen *rummache* und es hatte den Anschein, dass sich daraus etwas *Ernsteres* entwickeln könne. Im ersten Moment hatte ich starke Zweifel daran, denn Tarek hatte grundsätzlich nach jedem Bums, der über einen One-Night-Stand hinaus ging, das Gefühl, es würde sich etwas *Ernsteres* entwickeln. Doch als wir uns eines schönen Nachmittags im *Café Kult* auf ein Stück Kuchen trafen und er mir hochoffiziell Ralf vorstellte, wurde mir schnell klar, wie bedeutsam unser Kennenlernen war. Die beiden wirkten in der Tat innig und verliebt. Den gesamten Nachmittag ruhte Ralfs grobe Hand auf Tareks Schenkel und streichelte ihn von Zeit zu Zeit. Und Tarek wurde nicht müde Lobeshymnen und Küsse an seinen Begleiter zu verteilen. Über Ralf erfuhr ich nicht viel Interessantes. Er war recht wortkarg und zurückhaltend. Meist überließ er Tarek das Reden, der gewohnt kommunikativ die Unterhaltung führte. Ich hatte bislang lediglich erfahren, dass er aus Süddeutschland kam und sie über drei Stunden Autofahrt in Kauf nehmen mussten, um sich zu sehen. Ansonsten war nicht viel Information zu holen. Tarek hatte mir außerdem schon mehrfach vorgeschwärmt, wie fantastisch Ralf im Bett war. So sehr ich mir auch Mühe gab, ich konnte leider überhaupt keine Gemeinsamkeiten zwischen ihnen ausfindig machen. Tarek war unterhaltsam und modern, ein wenig verrückt vielleicht, aber absolut lebendig. Ralf hingegen wirkte grobschlächtig und einfältig. Sein Haar war grau meliert, aber dicht für sein Alter, obwohl er gewiss fünfzehn Jahre älter als Tarek war. Seine Augen strahlten einen spitzbübigen Charme aus und er hätte gar nicht mal unattraktiv sein können, ertönte nicht unwillkürlich der *Kleidung-Clever-Kaufen-Bei-KICK-Jingle* in den Ohren, sobald man an ihm hinabblickte. Es überraschte und verstörte mich gleichermaßen, dass mein attraktiver Freund sich unter all seinen beneidenswert gutaussehend Bettgefährten für jenen Mann entschieden hatte, der auf den ersten Blick keine besonders reizvollen Attribute vorzuweisen hatte. Doch es hatte mich nicht zu kümmern, was die beiden miteinander verband. Hauptsache Ralf behandelte meinen Freund gut.

Als allerdings auch bei Tarek Diskussionen los gingen, dass er seinen Partner ohnehin kaum sah und der Urlaub die beiden noch länger voneinander trennen würde, ging mir diese Beziehung das erste Mal auf den Sack. Geduldig hörte ich mir über Wochen Tareks Quengelei an, als er jedoch schließlich drauf und dran war, den Urlaub wegen voraussichtlichem Liebeskummer abzusagen, einigten wir uns darauf, dass Ralf mit auf die Kanaren kommen würde. Ich konnte mir wahrlich schöneres vorstellen, als der einzige Single in unserem *Super-Single-Goes-Gay-Pride-Urlaub* zu sein, aber aus der Not heraus willigte ich ein.

*

Nachdem wir nun zu fünft statt zu dritt verreisten, hielten die meisten es für angebracht, die Urlaubskonditionen neu zu verhandeln. Wir beriefen also einen Abend bei Tarek ein, vernichteten *Mojitos* und präsentierten Pepi und Ralf die Unterkunft, die wir bereits ausfindig gemacht hatten und von der ich überzeugt war, dass sie den beiden ebenfalls gefallen würde. Ich rechnete offen gestanden mit ihrer schnellen Einwilligung, doch wider Erwarten lehnten die Neuzugänge das Feriendomizil einstimmig ab. *Zu teuer*, hörte man von der einen Seite. *Zu laut*, hallte es von der anderen. Adäquate Gegenvorschläge gab es kaum, denn viele Hotels waren zur Pride bereits ausgebucht. Die wenigen freien Unterkünfte waren meist zu kostspielig oder befanden sich in benachbarten Ortschaften. Die Recherchen gestalteten sich recht schwierig und nach einem langen Abend voller Diskussionen und Enttäuschungen über ausgebuchte Hotels, waren wir fast schon desillusioniert, ob wir jemals nach Maspalomas gelangen würden. Offenbar war es gänzlich unmöglich die Kriterien von solch unterschiedlichen Erwartungen zu erfüllen. Insgesamt schien kein Hotel zu existieren, mit dem wir uns alle arrangieren konnten. Als wir uns nach vielen faulen Kompromissen, hart diskutierten Zugeständnissen und dem wohlwollenden Einfluss von *Mojitos* endlich auf ein Hotel geeinigt hatten, sagte jemand, von dem man nahezu den gesamten Abend nichts gehört hatte, zum falschen Zeitpunkt genau das Falsche.

„Ein Kunde von mir besitzt eine geräumige Finca in Marbella, die mir bei Bedarf zur Verfügung steht. Ich könnte ihn anrufen, ob er sie uns im Mai überlässt.“

Ralfs Angebot führte uns wieder zum Anfang unserer Diskussion.

„Oh jaaa, Marbella!!!“ Pepi sprang sofort auf und kreiste seinen Popo zu einer imaginären Musik. Ich schlug verzweifelt die Hände über dem Kopf zusammen.

„Wo genau liegt denn Marbella?“, interessierte sich Martin für genauere Informationen.

„In Andalusien – dem Süden Spaniens.“

„Aber was wird dann aus der Gay Pride? Und den Abenden im Yumbo Centrum?“, erinnerte ich an unseren Plan. Ich war mehr als erschöpft von den endlosen Diskussionen um unseren Urlaub und verstand nicht, warum wir, so kurz vor Abschluss der Buchung, unsere Entscheidung wieder in Frage stellten.

„Ich bin für Marbella...!“, widersprach Pepi und tanzte dazu ausgelassen. Der Jetset-Ruf, der der Stadt vorauseilte, frohlockte den jungen Latino.

„Aber... wir hatten uns doch auf Maspalomas geeinigt...“

Ich hatte solch große Erwartungen an die Pride geknüpft, dass ich schon seit Wochen nervös war, weil wir noch kein Zimmer gebucht hatten. Ich war fest davon überzeugt, dass Maspalomas mir die Freude verschaffen würde, die ich seit dem Jahreswechsel so schmerzlich vermisste.

„Und mit welchen Kosten sind zu rechnen?“, erkundigte sich Martin über das Ferienhaus und überging damit meinen Einwand.

„Wir werden lediglich für unsere Versorgung aufkommen müssen. Das Haus steht nicht zur Vermietung, doch ich darf es jederzeit nutzen, sofern der Eigentümer es nicht für eigene Zwecke benötigt", unterrichtete uns Ralf und hielt sich geheimnisvoll bedeckt.

Wenige Augenblicke später hatten wir die Finca virtuell besichtigt und Ralf den Zeitraum abgeklärt, in dem es uns zur freien Verfügung stand.

„Ich finde es sehr schön." Tarek hakte sich liebevoll bei seinem Freund unter.

„Ich bin für die Kanaren!", erhob ich Einspruch.

„Marbella!", konterte Pepi.

„Jonah, so günstig bekommen wir nie mehr eine solch fantastische Unterkunft. Überleg doch mal, was wir mit dem gesparten Geld alles machen könnten", appellierte Martin an meine Vernunft. Ich funkelte ihn böse an. Klar, dass er für Marbella war und damit Pepis Wunsch nachkam. Außerdem musste er dort unten wenig Sorge haben, dass zig heiß gelaufene Männer seinem Freund Avancen machten. Doch auch die anderen sahen mich an, als wäre die Entscheidung für Marbella und gegen die Kanaren bereits gefallen.

„Aber was soll ich denn in Marbella???"

Nackte Verzweiflung stieg in mir empor. Es enttäuschte mich maßlos, dass offenbar niemand meine Bedürfnisse berücksichtigen wollte. „Euch kann es ja egal sein, wo wir verkümmern. Ihr seid frisch verliebt und fühlt euch egal wo wohl. Aber ich bin Single und ich möchte dahin, wo ich auch jemanden kennenlernen und mich mit einem schönen Mann vergnügen kann."

„Was willst du denn mit einem Urlaubsflirt?!",
winkte Tarek ab. „Es gibt doch nichts Unbefriedi-
genderes als sich ein paar Tage mit einem Mann zu
vergnügen, den man liebgewinnt und sich womöglich sogar verliebt, nur damit am Ende der Reise
jeder wieder seine eigenen Wege geht. Das hat
doch keine Zukunft, Joni", redete er meinen
Wunsch auf romantische Abendteuer klein. Dabei
hatte er selbst noch vor ein paar Wochen ausschließlich wegen der Männer der Reise
zugestimmt.

„Ich finde es einfach unfair, dass ihr mich dazu
überreden wollt, mit zwei frisch verliebten Pärchen
in irgendeine spanische Pampa zu reisen, wo ich
keinerlei Chance auf ein bisschen Liebesglück habe."

Ich wehrte mich ein letztes Mal. Der Gedanke an
Ferien in Marbella machte mir leider überhaupt
keine Freude.

„Aber das ist doch gar nicht gesagt, dass du allein
gehst." Martin legte mir mitfühlend den Arm um
die Schultern. „Schau mal, wie schnell das bei mir
und Pepi ging. Du hast noch drei Monate. Verabre-
de dich ein bisschen und vielleicht lernst du ja auch
schon bald einen netten Mann kennen, den es lohnt
mitzunehmen..."

Alle Widerworte halfen nichts. Ich kam nicht gegen
vier Stimmen an, die sich gedanklich schon einen
Haken an Marbella gesetzt hatten. Ich brach schweren Herzens unter ihren Argumenten zusammen.
Und als sie sahen, wie geknickt ich mit dieser Entscheidung war, redeten sie so hoffnungsvoll und

ermutigend auf mich ein, dass ich fast schon selbst daran glaubte, in den nächsten drei Monaten meinem Traummann beim Dating zu begegnen und wir alle sechs zusammen einen romantischen Urlaub in Marbella verbrächten.

*

Tatsächlich gab der Datingmarkt nicht viel mehr her als sonst auch. Hauptsächlich wollten die Typen nur unverbindlichen Sex mit mir. *Surprise, surprise!* Von außen betrachtet wirkte ich wie ein Draufgänger, obwohl ich mich für einen Typen meines Alters nicht gerade promisk verhielt. Klar ging ich nach einem netten Abend, an dem auch ein wenig getankt wurde, schon mal mit ´nem Kerl nach Hause oder verabredete mich gezielt bei Grindr, wenn der Druck in der Hose zu groß wurde. Doch insgesamt verlief das alles in einem vertretbaren Rahmen. Kleine Abenteuer in Saunen nahm ich selbstverständlich ebenfalls wahr, wenn die Chemie stimmte, doch insgeheim wuchs mit den Jahren der Wunsch, mein Leben mit einem festen Partner zu teilen. Sexdates verloren an Reiz. Und das hatte nichts mit der großen dreißig zu tun. Ich begrüßte eben gerne eine verlässliche Person an meiner Seite, die morgens mit mir aufwachte und abends in meinen Armen einschlief. Einen Mann, der seine Gedanken mit mir teilte, mit mir verreiste oder einfach nur mal spontan (Achtung: Bürgertum-Alarm!) mit mir eine Runde Minigolf spielte. Unspektakulärer Alltag eben, der gleichzeitig das Schönste auf der Welt bedeutete. Offenbar existierte so ein Jemand nicht in der Szene, zumindest gab keines meiner Dates Grund zum Optimismus. Den Typen mangelte es augenscheinlich an Geduld, Zeit oder gar Interesse, die Freuden des sich gegenseitigen Kennenlernens und Entdeckens auf sich zu nehmen. Womöglich fehlte ihnen selbst auch der

Optimismus. Wer nicht nach der ersten Verabredung erhielt, was er ersuchte, zog schnell zur nächsten Blume weiter. Manchmal hatte ich den Eindruck einen richtig seltenen Rohdiamanten gefunden zu haben. Mit Luca beispielsweise erlebte ich einen Abend voller humorvollen Austauschs. Dieses hübsche Kerlchen schien ebenfalls genug von primitiven Sexverabredungen zu haben und stellte mir seinen wunderschönen Charakter mit unterhaltsamen Anekdoten unaufgeregt vor. Es entstand eine exorbitante Anziehung, gegenseitiges Interesse und die Hoffnung auf einen gemeinsamen Ausflug, um an den schönen Abend anzuknüpfen. Doch ich hörte nie mehr von ihm. So war das in unserer Szene. Dann wiederum verabredete ich mich mit Jungs, die so langweilig waren, dass auch von meiner Seite kein Interesse an einem zweiten Aufwärmversuch bestand. So verstrich ein Monat auf den anderen und bis auf einen aufregenden Bums, war nicht viel zu holen. Nachdem es in dieser Stadt offensichtlich keine beziehungstauglichen Männer mehr gab und ich unter keinen Umständen als fünftes Rad am Wagen in Marbellas *Casa der Verliebten* einziehen wollte, willigte ich kurzentschlossen ein, dass mein Reise-Date Tareks Bekannter aus Köln sein sollte, den ich noch nie zuvor gesehen hatte, der aber laut Tarek total (!!!) zu mir passte. `*Er ist superlieb, sieht gut aus, achtundzwanzig Jahre jung, sportlich, treu und humorvoll'*, hatte er ihn beschrieben. Ein aktuelles Foto konnte er mir nicht zeigen, da Adrian nicht in den sozialen Netzwerken aktiv sei. Das fand ich grundsätzlich gut, aber in diesem Fall hinderlich.

Vor lauter Panik kam mir Tareks Engagement für meine Partnersuche noch nicht einmal verdächtig vor. Daher entging mir, wie groß wiederum seine Sorge war, ich könne ihnen den gemeinsamen Urlaub mit meiner schlechten Laune verderben, falls ich am Abreisetag nicht in Begleitung war. Vielleicht war ich naiv, vielleicht auch einfach nur verzweifelt, mich auf dieses blinde Arrangement einzulassen, aber ich hatte tatsächlich geglaubt, Tarek habe meinen Traummann gefunden. Warum er ihn mir bisweilen nie vorgestellt oder gar erwähnt hatte, hatte ich in meiner Gutgläubigkeit gar nicht hinterfragt.

Da Adrian aus Köln anreiste und wir vom Süden nach Frankfurt kamen, verabredeten wir uns mit ihm direkt am Flughafen. Ich war ziemlich neugierig auf den geheimnisvollen Mann. Der Name erregte meine Fantasie und schon bald hatte ich mir ein ziemlich genaues Bild von Adrian zurechtgelegt. In meiner Vorstellung traf ich auf einen jungen, elegant gekleideten, schlanken Mann, mit braunem, dichtem Haar und einer sympathischen und höflichen Ausstrahlung. Ein Typ, der ganz wie ich, sportlichen Schick und kreativem Intellekt in sich vereinte. Auf dem Flughafen war unglaublich viel Bewegung und so manch schnuckliches Mannsbild passierte unseren Weg. Auf viele hätten meine Adrian-Projektionen gepasst. Endlich winkte Tarek in einen Menschenpulk hinein.
„Adriaaan. Wir sind hier", rief er und machte auf uns aufmerksam. Verzweifelt suchte ich nach dem großen, eleganten Mann, aber aus der Masse löste

sich nur ein klein gewachsener Prolet, mit Brust und Bizeps so dick wie seine Turnschuhe. Gekleidet in Jogginghosen und Muscle-Shirt, marschierte er direkt auf uns zu. Tarek und der Fitness-Prolo fielen sich um den Hals und begrüßten sich ausgiebig. Danach stellte er die Jungs der Reihe nacheinander vor, bis er als letztes schließlich bei mir gelandet war.

„Und das ist mein bester Freund, Jonah." Tarek warf mir einen stolzen Blick zu, der wohl heißen sollte: *Hab´ ich zu viel versprochen?!* Ja, er hatte zu viel versprochen, denn Adrian war so überhaupt nicht mein Stil.

„Hi, ich bin Adrian", grüßte er und hob mir fröhlich die Hand entgegen. Ich erwiderte wenig herzlich, aber dafür mit festem Händedruck. Meine Enttäuschung war riesig, obwohl der kleine Mann recht freundlich schien. Aber von Tarek fühlte ich mich ziemlich verarscht. Hallo??? Kannten wir uns nicht schon ein halbes Leben lang? Hatte ich in dieser Zeit jemals für aufgepumpte Kleinwüchsige geschwärmt???

„... Und mit Jonah wirst du dir das Zimmer teilen. Ich habe euch im Flugzeug direkt nebeneinander eingebucht, dann könnt ihr euch schon mal kennen lernen", redete Tarek auf den Kölner Muskelmann ein und zwinkerte mir dabei zu. Ich lächelte verkniffen. Besser konnte ich leider keine Freude darüber heucheln. Auf dem Weg zu den Gates tat Adrian, wie ihm aufgetragen wurde und stellte sich mit ein paar Eckdaten und kleineren Anekdoten vor. Er wirkte nicht unsympathisch und erinnerte mich sogar ein wenig an Lukas Podolski, mit den

leuchtend blauen Augen und dem breiten Mund - vielleicht auch wegen seines unverkennbar rheinischen Dialekts. Allerdings war er mindestens zwei Köpfe kleiner, als der berühmte Ex-Nationalspieler – was er offensichtlich mit intensivem Fitnesstraining kompensierte. Ein kleines kompaktes Kraftpaket in Jogginghosen und einer goldenen Gliederkette um den Hals. Ein unpassenderes Bild konnten wir zwei, auf unserem Weg durch die Flughalle, nicht abgeben. Ich suchte einen geeigneten Moment, um Tarek bei Seite zu nehmen und ihn zu fragen, was er sich bei diesem Arrangement eigentlich gedacht hatte, aber der suchte den Schutz der Herde. Adrian plauderte unterdessen unbefangen mit diesem fröhlichen Rheinländer-Dialekt auf mich ein, doch ich konnte kaum zuhören. Meine Gedanken beschäftigen sich damit, wie ich diesen Urlaub einigermaßen gesund überstehen konnte, ohne mein ohnehin schon schwaches Nervenkostüm nachhaltig zu schädigen. Zunächst versuchte ich der Unterhaltung alsbald aus dem Weg zu gehen, indem ich intensiv die Duty-Free-Shops rund um die Abflugsteige inspizierte. Wenn sich der erste Schock mal gelegt hatte, würde ich versuchen Adrian gegenüber offener zu sein, doch für den Moment erschien mir das nur wenig möglich. Leider war der kleine Podolski wenig bereit, mir die Zeit zum Akklimatisieren einzuräumen und verfolgte mich durch mehrere Regale Duftwasser und Parfüms. Es bedurfte all meiner Kontenance ihn nicht mit einem gezielten Spritzer Moschus, direkt in die Augen, abzuwehren.
Erst nachdem wir in der Luft waren, hatte ich mich

allmählich mit der Situation abgefunden. Der Moment, als das Flugzeug von der Startbahn abhob, hatte etwas Endgültiges. Statt einem *Super-Single-Goes-Gay-Pride-Trip,* verreiste ich also mit einem wirklich miesen Blind Date und zwei Pärchen, die frisch verliebter nicht hätten sein können. Meine Nerven würden so blank liegen, dass am Ende der Ferien vermutlich niemand jemals mehr mit mir würde verreisen mögen. Den Piloten schienen all meine Befürchtungen nur wenig zu interessieren. Die Maschine war bereits steil in Richtung Alpen unterwegs und brachte mich meiner Hölle mit jeder verstrichenen Sekunde ein paar Kilometer näher. Ich atmete tief durch und beschloss die Gegebenheiten anzunehmen und das Beste daraus zu machen. Was blieb mir auch anderes übrig. Also verwarf ich meinen ursprünglichen Plan mich dreieinhalb Stunden Flug lang schlafend zu stellen und eröffnete zum ersten Mal ein Gespräch mit Adrian.

„Was liest du da für ein Buch?", startete ich unsere Unterhaltung und versuchte erfolglos den Titel zu erspähen. Adrian sah überrascht auf. „Ein Ernährungsbuch?" Ich erwartete, dass es mit Sport oder Körperkult zu tun hatte.

„Nein, kein Ernährungsbuch." Er ignorierte charmant die Schublade, in die ich ihn gesteckt hatte. „Es handelt von einem Jungen, der sich seinem behinderten Bruder annimmt und mit ihm in eine WG zieht, was wohl offensichtlich zu unerwarteten Problemen führt. Es ist eigentlich ein Jugendbuch, aber für mich genau richtig, da ich sonst kaum lese."

Kaum lese...!?! Surprise..., schoss es mir zynisch

durch den Kopf.

„Ich dachte, es könnte ganz nützlich für mich sein."

„Nützlich?", fragte ich.

„Im Herbst begleite ich eine Jugendgruppe beeinträchtigter Kinder bei einem Ausflug an die Ostsee. Es ist mein erstes Mal, dass ich als Begleiter solch einer Gruppe dabei bin. Das Buch ist sozusagen meine Vorbereitung darauf." Er lachte süß. Mit seiner Lesebrille wirkte er auf einmal fast wie ein anderer Mensch auf mich.

„Das... das ist ja toll!" Ich war ehrlich beeindruckt von seiner selbstlosen Hilfsbereitschaft. Ich hielt mich selbst auch für eine Person mit einem ausgeprägten Gerechtigkeitssinn, spendete regelmäßig Geld oder Kleidung an Wohltätigkeitsorganisationen, aber sich einen Teil seiner ohnehin schon knapp bemessenen Freizeit abzuringen, um Menschen mit Behinderung eine Reise zu ermöglichen, war nochmal eine ganz andere Hausnummer. „Wie kommst du denn gerade dazu?"

„Meiner Schwester wegen. Sie ist Trisomie 21 betroffen. Ohne freiwillige Helfer wäre die Reise ihrer Jugendgruppe nicht zu Stande gekommen."

Ich wusste nicht, ob ich ihm sagen sollte, dass mir das mit seiner Schwester leidtat. Ich konnte mir gut vorstellen, dass ihre Chromosomenfehlbildung Einfluss auf das gesamte Leben von Adrians Familie nahm und mit Einschränkungen für alle verbunden war. Doch nach alledem, was ich über das Down-Syndrom wusste, können betroffene damit dennoch ein sehr gutes Leben führen. Ich empfand meinen ersten Impuls daher mehr als unpassend und schwieg zunächst beschämt.

„Was machst du denn sonst so in Köln, wenn du nicht gerade ehrenamtlich als Betreuer arbeitest?", griff ich das Gespräch nach einer Weile der Stille wieder auf und lächelte zu ihm rüber.

„Ich spiele Fußball bei einem queeren Sportverein, den *Hot Shots*", lachte Adrian. „Außerdem trainiere ich fast jeden Tag im Gym oder besuche meine Familie. Nichts Besonderes also. Und du?"

„Ich bin auch in einem queeren Sportverein und bin dort in der Laufgruppe und dem Volleyball-Team aktiv, den *Volleydolls*." Ich zwinkerte, weil der Name mit Klischees spielte. „Ich arbeite als Mediendesigner und wann immer ich mich von dem Trubel der Außenwelt erholen möchte, oder einen klaren Kopf brauche, setze ich mich ans Klavier und spiele – am liebsten *Erik Satie*", berichtete ich und rührte meine eigene Werbetrommel, um Adrian zu beeindrucken.

„Ich arbeite im Straßenbau."

Es folgte eine unbehagliche Pause.

„Hey…", unterbrach er die Stille. „Wenn deine *Volleydolls* mal ein Spiel gegen unsere Kölner Jungs haben, dann sag mir Bescheid. Ich komme dich anfeuern!" Er lächelte überzeugend offen.

„Das mache ich." Ich lächelte zurück. „Aber nicht, dass du nervös wirst, wenn du mich in kurzen Shorts spielen siehst." Warum fing ich eigentlich an zu necken, fragte ich mich Stirn runzelnd. Adrian grinste frech und widmete sich wieder seinem Buch zu. Ich warf einen Blick auf seinen perfekt durchtrainierten Bizeps, auf dem sich aufregend eine Ader abzeichnete und fing an zu bedauern, dass das Gespräch so abrupt geendet hatte. Da mir nichts Passendes einfiel, um die Konversation erneut aufleben zu lassen, lehnte ich mich in den Sitz zurück, schloss die Augen und erwachte erst wieder, als der Pilot die Durchsage machte, dass die Landung eingeleitet und wir in zwanzig Minuten den Flughafen in Málaga erreichen würden. *Die Temperaturen liegen bei 28 Grad, der Himmel ist nahezu Wolkenfrei. Wir wünschen Ihnen einen angenehmen Aufenthalt,* rauschte die blecherne Stimme durch die Maschine.

Ich rieb mir den Schlaf aus den Augen und schützte mich vor dem grellen Sonnenlicht, als...

„Hast du eigentlich einen Freund?"

Ich blickte drein, wie ein Reh in den Lichtkegel eines heranfahrenden Autos.

„Natürlich nicht", antwortete ich lachend und wunderte mich über Adrians doofe Frage. Doch das Lachen blieb mir sofort im Halse stecken.

„Oh." Er senkte besorgt den Kopf. „Das könnte daheim für Ärger sorgen. Mein Freund hat Schwierigkeiten mit dem Vertrauen, obwohl ich wirklich ein absolut treuer Partner bin."

„Freund???"

„Tu mir bitte den Gefallen und erwähne es nicht, wenn ihr euch in Köln kennenlernt."

„Kennenlernt?"

Ich fühlte mich wie ein besonders begriffsstutziges Echo.

„Auf dem Volleyball-Turnier."

Seine Antwort sollte wohl Klarheit bringen, ich verstand allerdings nur Bahnhof.

„Also, du hast einen Freund in Köln", wiederholte ich die Fakten.

„Jupp!"

„Und der weiß nicht, dass du mit mir..."

„...Ein Zimmer teilst. Jupp! Er war sowieso nicht begeistert davon, dass ich ohne ihn in den Urlaub fliege." Adrian nestelte nervös am Verschluss seines Energie-Drinks. „Weißt du, als ich Tarek für die Reise zugesagt hatte, waren wir noch in der Kennenlernphase. Wir sind nun aber ein paar Wochen zusammen. Ich habe ihm versichert, dass es keinen Grund zur Sorge gäbe, wenn ich mit euch in Urlaub fliege. Aber Diskussionen gab es vor der Abreise dann doch. Es wäre einfacher ihn zu beruhigen, wenn du ebenfalls einen Partner daheim hättest. Eigentlich hatte Tarek dies auch so angedeutet."

„Verstehe...", fuhr ich einsilbig fort. „Ähm... Entschuldige mich kurz."

Ich löste meinen Gurt und marschierte zum hinteren Teil der Maschine, wo Tarek seinen Platz eingenommen hatte.

„Sag mal geht's bei dir noch?", fauchte ich ihn an. „Erst vermittelst du mir einen Mini-Podolski, wo ich mich schon sehr fragen muss, wie du darauf kommst, dass ich auf klein gewachsene Gym-Prolls stehe, und nun, wo ich ihn doch einigermaßen süß finde, stellt sich heraus, dass mein Blind Date schon vergeben ist." Ich schlug ihm gegen den Oberarm. „Was hast du uns denn für eine Scheiße aufgetischt. Mir machst du falsche Hoffnungen und dem armen Kerl zerstörst du noch seine Beziehung durch deine Lügen. Du bist doch das Letzte", zischte ich ihn an.

„Du findest ihn süß?" Tarek grinste keck.

„Hast du auch den Rest der Ansage verstanden? Ich bin stinksauer auf dich!" Mein Puls überschlug sich.

„Entschuldigen Sie, Sir. Ich muss Sie bitten, sich wieder zu setzen und anzuschnallen. Wir landen in wenigen Augenblicken."

Eine Stewardess mischte sich in das Gespräch ein.

„Eine Sekunde noch, bitte."

„Sir, ich muss Sie bitten, sich sofort zu setzen."

Die Flugbegleiterin ließ keine Verzögerung zu.

„Eine Sekunde!!!", schrie ich wütend und im Flugzeug drehten sich schon einige Passagiere zu uns um. „Das ist ein Notfall", fügte ich etwas leiser hinzu.

„Ich bitte Sie, umgehend Platz zu nehmen. Schalten Sie alle technischen Geräte ab und schnallen Sie sich an!"

Ein resoluter Steward war zur Unterstützung herbeigeilt und packte mich freundlich, aber bestimmend am Arm. Ich schüttelte ihn ab.

„Schon gut, schon gut. Ich werde mich setzen", beschwichtigte ich. „Aber wir haben noch etwas zu klären...!", drohte ich an Tarek gewandt, der mich etwas pikiert anlächelte.

Nach und nach drehten sich die neugierigen Fluggäste wieder zurück in ihre Sitze und schon bald verstummte auch das Raunen über meinen kleinen Gefühlsausbruch in den Reihen.

*

Gleich nach unserer Ankunft herrschte eine unglaubliche Ausgelassenheit, der ich mich, der neuesten Erkenntnisse wegen, nicht anschließen konnte. Nachdem wir die Koffer vom Gepäckband geholt hatten und im Bus in Richtung Marbella saßen, schirmte ich mich von den anderen ab, setzte meine Kopfhörer auf und lauschte enttäuscht der Musik von Lana del Rey. Wir passierten viele andalusische Ortschaften und Feriensiedlungen entlang der Küstenstraße, die Sonne glitzerte auf dem Meer und die Menschen sahen fröhlich aus, aber in mir waren dunkle Wolken aufgezogen und ich hatte Mühe die Tränen zurückzuhalten. Äußerlich mimte ich Müdigkeit vor, denn ich hatte wenig Lust darauf, meinen Stimmungswechsel begründen zu müssen. Offenbar erklomm ich mittlerweile die Stufe, wo sogar Männer wie Adrian unerreichbar für mich wurden. Und auf diesen stand ich noch nicht mal. Oder gefiel er mir nun doch? Vor meinem geistigen Auge huschten Sequenzen seines smarten Lächelns, den lachenden Augen hinter seiner Lesebrille, der straffen Haut seines hart aufgepumpten Bizepses. Zweifel zogen auf, ob ich Adrian vorschnell in die falsche Schublade abgelegt hatte. Sein prolliges Erscheinungsbild wurde ihm in keiner Weise gerecht. Hinter den klobigen Sneakern und der dicken Goldkette, vernahm ich die charmante Ausstrahlung eines liebevollen Menschen, in dessen Armen man sich durchaus geborgen fühlen konnte. Aus den Augenwinkeln heraus betrachtete ich verstohlen seine Hände, die auf seinem Schoß ruhten. Obwohl die Handflächen rau und sowohl vom Krafttraining als auch von der körperlichen Arbeit auf dem Straßenbau hart geworden waren, wirkten seine Hände in ihrer Gesamtheit ästhetisch, beinahe einfühlsam und sensibel. Mit einem tiefen Seufzer befreite ich mich von dem Wunsch, von ihnen berührt zu werden. Irgendwo in meinem Inneren tat sich ein schwarzes Loch auf, das alle Zweifel aufsog und mir Adrian attraktiver machte.

Der Bus war nun in Marbella angekommen und hielt auf dem Weg ins Zentrum an sämtlichen Stationen und an mindestens genauso vielen Stopps wieder aus Marbella hinaus, bis er einige sogenannte Urbanisationen am Stadtrand erreichte. Pepi blickte des Öfteren zurück zur Stadt und konnte es offensichtlich nicht fassen, dass wir uns Kilometer um Kilometer vom schillernden Zentrum entfernten. Nach weiteren zwanzig Minuten erreichten wir endlich unsere Urbanisation, die sich am äußersten Rand, direkt am Fuß der Berge, befand. Die Siedlung verfügte über einen Auto- und Fahrradverleih und ein paar wenige Einkaufsmöglichkeiten, die nun zur heißen Mittagszeit geschlossen hatten. Es war *Siesta*. Die Fensterläden der sich aneinanderreihenden Fincas waren verriegelt und die vor Hitze flimmernden Straßen waren geisterhaft verlassen.

Unser Haus war ein andalusischer Traum aus kunstvoll gehauenem Stein und Ton. Ein üppig bewachsener Garten führte zu dem zweigeschossigen, arabesken Feriendomizil. Staunend versammelten wir uns auf der Veranda, während Ralf den Siche-

rungscode eintippte, den er vom Eigentümer über-
mittelt bekommen hatte. Als wir eintraten,
erwartete uns eine angenehme Kühle. Wir befanden
uns inmitten eines großen Wohnzimmers, indem
ein großzügiger Essbereich integriert war, daran
angrenzend eine moderne Küche, sowie ein kleines
Schlafzimmer. Eine große, gläserne Flügeltür führte in den hinteren Garten, der noch schöner
bepflanzt war als der Eingangsbereich. Im Schatten
einer mit Rankpflanzen überwucherten Laube befand sich eine gemütliche Sitzgruppe, sowie eine
kleine Außenküche, bestehend aus Gasgrill und einem Waschbecken aus Naturstein. Pepi war nun
nicht mehr der Einzige, der hysterisch kreischend
die traumhaft schöne *Casa* bestaunte. Sogar meine
miese Laune hatte sich bei diesem paradiesischen
Anblick verzogen. Unzählige *ooohh´s* und
aaahh´s und *schaut mal, wie schön* Schwärmerei-
en hallten nun durch die Räumlichkeiten und
feierten das hochwertige Interior. Pepi rannte vo-
raus ins zweite Stockwerk und rief uns sofort zu
sich.
„*Chicos*, kommt schnell! Das ist zu schön!!!"
Wir stürmten die Treppe nach oben, wo sich zwei
helle Schlafzimmer befanden. Beide hatten Zugang
zu einer Dachterrasse, von der man einen wunderschönen Ausblick auf das üppige Grün im Garten
hatte. Ein paar Liegen und allerlei Kakteen zierten
den Balkon. Ich träumte davon Sonnenbäder in den
Liegestühlen zu genießen oder nachts in den Sternenhimmel zu schauen.
„Das hier wird unser Schlafzimmer, Schatz." Pepi
schmiss sich aufs Bett des angrenzenden Raumes

und wälzte sich aufgeregt in den Federn.

„Und wenn es für euch okay ist, dann würden wir gerne das zweite Schlafzimmer hier oben nehmen", wandte sich Tarek an uns. Ich hätte Ralf und Tarek den weitaus schöneren Schlafraum ohne weiteres gegönnt, aber da ich ihm die neuesten Ereignisse noch nicht verziehen hatte, war ich damit nur schwerlich einverstanden. Allerdings hatte Adrian sofort zustimmend genickt, ohne das mit mir abzusprechen.

„Wir können nach der Hälfte des Urlaubs tauschen", schlug Tarek beschwichtigend vor.

Meine Miene hatte wohl Bände gesprochen.

„Nein, ist schon in Ordnung." Ich winkte ab. „Nehmt ihr das große Zimmer. Immerhin haben wir es Ralf zu verdanken, dass wir hier kostenlos wohnen können."

Ich beschloss, nicht mehr nachtragend zu sein und überließ ihnen das schöne Schlafzimmer.

Nachdem wir unsere Koffer ausgepackt und anschließend den nahegelegenen Supermarkt aufgesucht hatten, um unsere Vorräte aufzufüllen, waren unsere Kraftreserven erschöpft. Der lange Reisetag lag uns in den Knochen, immerhin waren wir seit fünf Uhr dreißig in der Frühe unterwegs. Wir zogen uns auf die Zimmer zurück, um ein Stündchen zu schlafen. Es erschien mir eine Ewigkeit her zu sein, mein Bett mit einem Mann zu teilen. Adrians gleichmäßiges Schnauben wog mich bald schon in einen wohligen Schlaf. Seine Nähe schenkte mir eine beruhigende Sicherheit, wie ich sie schon seit geraumer Zeit nicht mehr erlebt hatte. Nach einer Stunde erwachte ich wieder. Adrian lag nicht mehr neben mir. Ich fand ihn auf der Terrasse mit seinem Buch in der Hand. Es war schattig und ruhig. Lediglich ein paar Zikaden gaben ihr sommerliches Konzert.

„Hey, du bist ja schon wach", begrüßte ich ihn und rieb mir den Schlaf aus den Augen. „Ich mach mir einen Kaffee. Willst du auch einen?" Ich stand lediglich in einer Unterhose bekleidet vor ihm und bemerkte gar nicht, dass mein Penis noch angeschwollen auf die Seite gelegt war und sich dick durch die enge Shorts abzeichnete. Erst als mir auffiel, dass Adrians Blick nervös zwischen meinem Gesicht und meiner Beule hin und her flackerte, wurde ich mir meiner Morgenlatte bewusst.

„Ja, gerne!", antwortete er trocken und versuchte sich nicht von meiner prallen Silhouette ablenken zu lassen.

„Gut... dann setz´ ich uns schnell einen auf", antwortete ich verlegen und verließ die Szenerie hastig. Mann, war mir das peinlich. Jetzt dachte Adrian doch, ich sei so ein verzweifelter Lustmolch, der sich mit plumpen Verführungsversuchen an ihn ran machte. Das Blut schoss mir vom Schwanz direkt in die Wangen. Ich konnte spüren, wie ich knallrot wurde. Als ich nach einer Weile mit zwei heißen Tassen Kaffee auf die Terrasse zurückkam, war ich wieder abgeschwollen und hatte mir zwischenzeitig eine Sporthose und ein leichtes Shirt übergeworfen. Adrian prostete mir verschmitzt mit dem Kaffee zu.

„Ich hoffe, ich habe dich nicht geweckt?"

„Nein, keineswegs. Ich habe gar nicht gemerkt, dass du aufgestanden warst. Ich habe geschlafen wie ein Baby!", lächelte ich zurück; immer noch ein wenig beschämt über meinen Stangentanz. „Und du? Hast du nicht geschlafen?"

„Etwa eine halbe Stunde. Das reicht in der Regel. Wenigstens ist die Matratze bequem. Ich hatte schon so ein durchgelegenes Feldbett erwartet."

„Ja und die Temperaturen im Zimmer sind auch erträglich, im Gegensatz zu hier draußen. Die Sonne ist ziemlich stark. Und das im Mai. Was machen die hier bloß im Hochsommer?"

„Das kannst du wohl sagen. Schau mal." Adrian beugte sich zu mir vor und deutete auf sein hellblaues Muscle-Shirt, auf dem sich ein Rinnsal Feuchtigkeit zwischen den Hügeln seiner Brustmuskeln bis zum Bauchnabel abzeichnete. Seine Nippel stemmten sich neugierig gegen sein Shirt. Ich spürte, wie mein Hals austrocknete und mir gleichzeitig ein unbändiger Appetit den Mund wässrig machte. Da saßen wir nun, plauderten steif über das Wetter und die Schwüle und ignorierten die Tatsache, dass wir sprichwörtlich spitz wie Nachbars Lumpi aufeinander waren. Die Sommerhitze nahm schon immer einen starken Einfluss auf meine Libido. Und als fühlten wir uns nicht schon unwohl genug mit unserer unterschwelligen Lust, ertönten nun auch noch eindeutige Sex-Geräusche aus dem oberen Stockwerk. Tiefes Raunen und lustvolles Stöhnen begleitete den Akt, der die Situation nun ins Absurdum führte. Pikiert nippten wir an unseren Tassen und versuchten den dicken, rosa Elefanten zu ignorieren, der nun frech grinsend auf der Terrasse mit uns Kaffee trank.

„Ich schätze, daran werden wir uns wohl gewöhnen

müssen", unterbrach Adrian das in der Stille deutlich energischer gewordene Klatschen und Schnauben.

„Die Treiben es ja schon wieder." Martin und Pepi gesellten sich nun zu uns auf die Terrasse. Pepi hatte sich eine Dose Bier aufgemacht. „Die haben schon vor 'ner Stunde gebumst wie die Blöden. Wenn das so weiter geht, möchte ich doch lieber das Schlafzimmer im Erdgeschoss", warnte er vehement.

Während Tarek den Urlaub mit seinem Partner für alle deutlich hörbar genoss, waren aus Pepis Schlafzimmer bislang keine Geräusche der Intimität nach außen gedrungen. Falls hier ein unterschwelliger Wettstreit zwischen den Paaren stattfand, hatten Tarek und Ralf die Runden deutlich für sich entschieden. Ihr gemeinsamer Liebesakt neigte sich nun geräuschvoll dem Höhepunkt entgegen und nachdem Tareks *OH... JAA.... DU... BIST... SO... HART.... ICH... KOM... MEEEE... UUUUFF...* synchron mit den letzten harten Stößen in der Abenddämmerung verblasst war, kehrte postorgastische Ruhe ein.

„Ich setz´ uns eine Sangria auf", murrte Pepi und verschwand in der Küche.

„Und ich kümmere mich um den Grill. Ihr zwei könnt euch mal an den Salat machen", schlug Martin vor.

Adrian und ich bereiteten den Tisch für unser erstes Abendessen in Marbella vor und deckten diesen gebührend festlich ein, mit gefalteten Servierten, einer Vase voll frischer Blumen aus dem Garten und einer strahlend weißen Tischdecke, die wir im

Küchenschrank entdeckt hatten. In die Mitte stellten wir eine große Schale gemischten Salat mit Wildkräutern. Pepi hatte Musik aufgelegt und uns bald seine *Sangria-Especial* serviert, wie er sie liebevoll nannte. Er hatte sie mit saftigen Orangen- und Zitronenscheiben gesüßt und obendrein mit einem scharfen Schuss Rum angefeuert. Trotz ihrer beeindruckenden Stärke schmeckte sie absolut erfrischend und trank sich wie Limonade. Schwülwarme Luft kondensierte an ihrer eiskalten Glaskaraffe. Rasch beschwingte uns das feurig-süße Getränk bei unseren Vorbereitungen und wir alberten bald schon ziemlich ausgelassen dabei herum. Martin wendete mit wippender Hüfte das brutzelnde Fleisch, das er zuvor mit frischen Kräutern aus dem Garten mariniert hatte. Herrlich duftende Aromen durchströmten nun den jungen Abend.

„Los, trinkt mal aus, damit ich euch noch mal nachschenken kann", animierte uns Pepi zum Austrinken. „Eiskalt schmeckt *Pepis-Sangria-Especial* am besten!"

„Du hast genau den richtigen Beruf gewählt, Pepi. Du kannst fantastische Getränke mixen."

„Und den Umsatz steigerst du noch obendrein, wenn du mit allen Gästen so umspringst, wie mit uns."

„Ja, bei meinem Schatz ist noch keiner verdurstet."
Martin warf ihm einen Kuss rüber. Überschwänglich stürmte Pepi zu seinem Freund und fiel ihm freudestrahlend um den Hals.

„Dein Trinkgeld kannst du mir nachher zustecken", kokettierte er vor Martin herum, der ihm gleich darauf die Zunge in den Hals schob.

„Hey, pass mal lieber auf das Fleisch auf", unterbrach ich das junge Liebesglück nach einer Weile.

„Das mach ich doch gerade." Martin zog seinen Freund noch näher. „Ich kümmere mich hier um das zarteste und heißeste Stück Fleisch...", hauchte er und begann erneut die Knutscherei.

Bei so viel aufgesetztem Schmalz musste ich wegschauen und auch Adrian warf mir einen vielsagenden Blick zu. Ihre Koketterie wirkte wenig authentisch und die zweideutige Wortspielerei wollte so gar nicht zu Martin passen. Animiert durch die hitzige Stimmung aus dem Garten, mochte ihr Konkurrenzpaar diese Runde wohl ebenfalls nicht leichtfertig an Martin und Pepi abgeben, denn wie auf Kommando polterten eindeutige Rumpelgeräusche und kehliges Schnaufen aus dem Schlafzimmerfenster der oberen Etage. Nur wenig später endete der Akt nach kurzem, aber heftigem Nähmaschinen-Ficken in einem Meer aus raunender und prustender Erleichterung. Tarek und Ralf hatten uns alle übertönt und als sie endlich nach unten kamen, Ralf mit stolzgeschwellter Brust und Tarek mit diesem absolut zufriedenen *ich-wurde-gerade-bombastisch-gebumst-Lächeln*, war die Stimmung bei uns anderen schon wieder abgekühlt. Wortkarg saßen wir am Tisch vor dem fertigen Salat, die Steaks auf kleiner Flamme, und warteten hungrig darauf endlich anfangen zu können.

„Habt ihr etwa auf uns gewartet?", strahlte Tarek wie ein Teddy auf Extasy. „Das hättet ihr nicht gebraucht."

„Seht ihr, ich habe euch doch gleich gesagt, wir

fangen an", murrte Pepi und lud sich noch im gleichen Moment Salat auf den Teller.

„Setzt euch. Pepi hat uns eine fantastische Sangria gemacht und das Fleisch wartet auf dem Grill."

Martin verhielt sich etwas gastfreundlicher.

„Bring mir zwei große Steaks mit, Tarek!"

„Hattest du nicht schon genug Fleisch", kläffte Pepi bissig wie ein kleiner Chihuahua.

„Ich bin ein Mann – ich brauche Eiweiß!"

Ralf lehnte sich stolz in den Sitz zurück.

„Oh ja, das ist er!", bestätigte ihm Tarek mit einer liebevollen Geste. „Hier dein Fleisch, Tiger!", surrte er.

„Oh bitte, das wird sogar mir zu viel", gab ich Tarek einen Hinweis, langsam wieder runterzukommen.

Schon bald darauf war nur noch wortkarges Schmatzen und die klimpernden Geräusche von kratzendem Besteck auf Porzellan zu hören. Ein 'gibst du mir mal das Salz rüber' hallte in dieser Stille unangenehm nach und schien so gar nicht mit der leisen Geräuschkulisse harmonieren zu wollen.

„Das Essen war köstlich! Du hast das Fleisch echt verdammt gut hinbekommen."

Adrian startete den Versuch eines unverfänglichen Gesprächs.

„Danke dir!", freute sich Martin. „Aber grillen ist eine Kleinigkeit für mich. Man muss hauptsächlich aufpassen, dass nichts verbrennt."

„Und deine Marinade mit dem Rosmarin war echt fein! Ich habe noch nicht mal eine Steak-Sauce dazu benötigt", lobte Adrian weiter. „Wenn du das nächste Mal marinierst, muss ich dir unbedingt dabei über die Schulter schauen, damit ich das daheim auch mal nachmachen kann."

Der meint wohl unter der Schulter hindurch, schmunzelte ich zynisch und wenig freundlich vor mich hin. Danach war wieder Stille.

Die stockende Qualität unserer Tischgespräche war ein eindeutiger Indikator, dass wir uns noch nicht so recht wohl miteinander fühlten. Obwohl Tarek, Martin und ich schon seit Jahren dick befreundet waren, kam an der Seite ihrer neuen Partner keine vertraute Kommunikation untereinander auf. Ralf, Pepi und Adrian wirkten wie Fremdkörper, die unterschiedlicher nicht hätten sein können. Gespräche über das Wetter oder das gute Essen füllten schon lange nicht mehr den Abend und so kam immer wieder betretenes Schweigen auf, das niemand so recht zu überbrücken wusste. Von Ralf hörte man die meiste Zeit kein Wort. Er blieb mehr oder weniger teilnahmslos. Lediglich sein schlechtes Modeverständnis machte auf ihn aufmerksam. Es erschien mir beinahe schon eine hohe Kunst, mit gerade mal zwei Kleidungstücken, wie in seinem Fall Shirt und Bermuda, den ästhetischen Normbereich zu verlassen. Doch Ralf meisterte dies mit Auszeichnung. Ob sein Schweigen hingegen aus mangelndem Interesse resultierte, oder ob er generell nicht viel zu sagen hatte, vermochte ich nicht einzuordnen. Ich hatte mittlerweile herausgefunden, dass er selbstständig war. Sein Unternehmen warf offenbar gute Gewinne ab, doch den finanziellen Erfolg merkte man ihm nicht an. Ich hätte ihn noch nicht einmal schwul eingeordnet, lediglich das permanente Besteigen meines Freundes war möglicherweise ein Hinweis darauf. Pepi hingegen war die Queen der Drogeriemärkte und wirkte übernatürlich gepflegt. Angefangen vom Gesicht, mit den maskenhaft gezupften Augenbrauen und dem fein aufgelegten Glanzpuder, bis hinab zu den, von ausgewählten Fußpflegern behandelten, zarten Füßchen, ließ er jedem seiner Körperteile eine ganz besondere Pflege zu Teil kommen. Eine blumige Zusammenstellung aus Tinkturen und Cremes, sowie punktuell platzierten, kostbaren Duftwässerchen, umhüllte den kleinen Latino. Trotz des Übermaßes an Pflege schimmerten dunkle Augenränder und eine unreine Haut unter der schützenden Pomade hindurch. Die harte Nachtarbeit als Bartender in zahlreichen Clubs und verrauchten Szenekneipen nagte an seiner Jungenhaftigkeit. Doch das Nachtleben hatte ihn nicht nur körperlich gezeichnet. Mit seinen gerade einmal einundzwanzig Jahren hatte er sämtliche kindliche Naivität abgelegt. Er war überdurchschnittlich selbstbewusst, erheiternd vulgär und stets ziemlich schlagfertig. Pepi hatte schon früh für sich selbst sorgen müssen. Mit siebzehn hatte er Mittelamerika verlassen und zunächst bei einer Tante im Schwarzwald gelebt. Bereits ein Jahr später stand er auf eigenen Beinen und wohnte in diversen Städten entlang des Rheins, bis er vor einem Jahr zu uns in die Region gezogen war. Seinen Unterhalt hatte er sich selbst finanzieren müssen und war sich keiner Tätigkeit zu schade gewesen. Überall wo er lebte, hatte er schnell Anschluss und Arbeit gefunden. Auf den wenigen Besitz, den er sich erarbeitet hatte, war er sehr stolz. Ich hatte bei ihm den Eindruck, dass er ein junger Mann mit einem unglaublichen Lebenswillen war, der bereits vieles erreicht hatte, aber sich noch lange nicht damit zufriedengab. Ich war mir sicher, dass er in ein paar Jahren schon einige Träume mehr verwirklicht haben würde. Den Ehrgeiz und das Temperament dafür brachte er mit sich. Er erinnerte mich ein wenig an einen bissigen, wenn auch unheimlich hübschen Chihuahua. Doch nicht nur der himmelweiten Unterschiede wegen fanden Ralf und Pepi auf keiner Ebene zusammen, vielmehr stand ihr unterschwelliger Wettstreit einer Annäherung im Weg. Und selbst Adrian, der fröhliche Rheinländer, war noch nicht in der Gruppe angekommen, obwohl er sich noch am stärksten bemühte, einen freundlichen Kontakt mit allen zu halten. Er beteiligte sich gesellig an den Gesprächen und lachte unglaublich viel, aber war im Grunde recht einfach gestrickt. Er interessierte sich hauptsächlich für Sport und war wohl auch ein Familienmensch, aber er hatte keinen Sinn für gute Musik jenseits der Charts, er sah hauptsächlich Trash-TV und schlecht gemachte Serien und hatte ganz generell einen überaus einfachen Geschmack. Das war natürlich absolut in Ordnung, aber erschwerte die Kommunikation mit ihm erheblich. Viele unserer Dialoge endeten daher abrupt in pikiertem Schweigen. Es würde sich noch zeigen, ob eine Reise mit solch unterschiedlichen Charakteren tatsächlich eine gute Idee gewesen war.

Glücklicherweise war *Pepis-Sangria-Especial* ein wahrhaftiger Icebreaker. Ein paar Gläser von dem herrlichen Kaltgetränk und schon erhellte sich die

Stimmung auf unserer Terrasse. Die Nacht war angenehm lau und aus der Lautsprecherbox ertönten fröhliche Rhythmen. Um die marokkanische Gaslaterne über uns, flatterten Falter und Nachtschwärmer, und in den dichten Büschen begleiteten Grillen und Zikaden unsere Ausgelassenheit in einem gemeinschaftlichen Konzert. Im Gegensatz zu der lauen Nacht wurde es bei uns am Tisch nun hitziger, denn wir hatten ein recht amüsantes Kartenspiel im Haus entdeckt, welches wir mit reichlich überzogener Hingabe spielten, und dessen Ziel es war, seinen Gegenspielern eine explodierende Katze unterzumogeln. Hatten diese keine entsprechenden Verteidigungskarten mehr auf der Hand, war für sie die Runde beendet. Definitiv ein Spiel, bei dem die Emotionen überzuschäumen drohten und so erhielt ich nach beinahe jedem ausgeführten Angriff eine Schelte und musste heranfliegenden Kissen oder abgenagten Orangenschalen ausweichen oder mich gegen die ein oder andere Kitzel-Attacke wehren. Da das Kartenspiel im Uhrzeigersinn ablief und dadurch Adrian, als mein direkter Nachbar, alle meine Angriffskarten abbekam, kamen wir uns im Laufe der Nacht häufig nahe. Ich genoss es, wenn er sich mit seinem kleinen Körper auf mich stürzte und mir unter vorgetäuschtem Ärger meine Bestrafung erteilte. Ein hoch auf Pepis Sangria! Ich war gerade dabei meinen nächsten diabolischen Streich zu wagen, als mich Ralfs sonore Stimme aus den Gedanken riss.

„Aha!" Er deckte Pepis Blatt auf und zog eine gezinkte Karte hervor. „Jetzt bist du fällig", rief er gespielt bedrohlich und ließ seine riesigen Finger knacken. Kurz darauf zog er sich das Shirt über den Kopf, trommelte animalisch auf seinen pelzigen Brustmuskeln und hob den kleinen Pepi in die Höhe, wie einst King Kong seine Ann. Er legte den hysterisch schreienden Mexikaner auf seinen kantigen Schultern ab und versohlte ihm den schmalen Hintern.

„*Dios mío*", schrie Pepi, während Ralf mit ihm durch den Garten stolzierte. „Bájame...Lass mich runter, du riesiger Affe!", kläffte er. Doch schon bald musste er mehr und mehr dabei lachen. „Hör auf...", rang er nach Luft. „Ich kann nicht mehr."
Ralf hatte Mitleid mit dem schmalen Kerlchen und setzte ihn wieder ab.
„Ich wusste, irgendwann kriege ich dich!"
Er half dem kleinen Mexikaner auf die Beine. Mir entging dabei nicht, dass in seinem Blick ein gewisses Funkeln lag.

Der Abend uferte bis spät in die Nacht aus und als wir uns gegen vier Uhr betrunken und mit schweren Gliedern endlich zum Schlafen legten, ertönte im Schlafzimmer über uns erneut das Knarzen und Quietschen des in Mitleidenschaft genommenen Betts.
„Ich hoffe, die ständige Bumserei lässt bald nach", flüsterte ich Adrian zu, der schwer atmend neben mir lag und alle Viere von sich streckte.
„Das ist bestimmt nur, weil heute der erste Urlaubstag ist...", antwortete er mit schwerer Zunge und schien schon halb zu schlafen. Er hatte die Bettdecke weggeschlagen und so traf der helle

Schein der Straßenlaterne seine nackte Haut und bedeckte Adrians Muskeln mit einem seidenen Laken aus Licht. Über seinem sanft ruhenden Körper zeichneten sich die dicken Adern ab, durch die deutlich sichtbar pures Leben kraftvoll hindurchgepumpt wurde. Seine Brustwarzen waren stramm zur Zimmerdecke aufgerichtet, wie kleine Antennen, mit denen er meine Aufmerksamkeit erregte. Mit jedem Atemzug hob und senkte sich seine nahezu unbehaarte Brust friedvoll. Mein Blick glitt über die weiche Haut seines Bauches hinab, an dem nun erster Haarflaum zu erkennen war, der sich unter dem Nabel stark verdichtete. Unter dem Baumwollstoff seiner Unterhose wölbte sich ein aufregender Hügel verheißungsvoll in die Höhe. Gleich darunter spreizte Adrian seine vom Fußball voll durchtrainierten Beine entspannt auseinander. Seufzend drehte ich mich auf die andere Seite, um ihn nicht mehr ansehen zu müssen und kämpfte angestrengt gegen mein Begehren an. Im Geiste stellte ich mir vor, wie er sich anfühlte oder wie er wohl schmecken mochte. Gerne hätte ich über den einladenden Hügel seiner Unterwäsche gestreichelt und gefühlt, was sich, lediglich geschützt durch eine hauchdünne Lage Stoff, darunter verbarg. In meinen Lenden wurde es nun wärmer und wärmer. Alles Blut drängte direkt hinab an diese warme Stelle, die nun nach Berührung lechzte.

„Ist alles in Ordnung?", fragte Adrian schwerfällig und klang mehr schlafend als wach.

„Ääähm…"

Ich fühlte mich ertappt, wie ein Teenager, der gerade von seiner Mutter beim Onanieren erwischt worden war.

„Ja, natürlich. Es ist alles in Ordnung."

„Du schnaufst so... Ist dir übel?", murmelte er besorgt. „Ich kann dir einen Eimer holen."

Wenn ich heiß bin, klingt das für andere so, als müsse ich gleich kotzen – interessant!, begleitete mich dieser wenig geistreiche Gedanke.

„Nein Danke, Adrian. Es ist alles in Ordnung. Mach dir keine Sorgen. Gute Nacht."

Jetzt war er auch noch so lieb. Das hielt man ja im Kopf nicht aus. Und schon bald darauf schnarchte es sanft zu meiner linken Seite.

*

Am nächsten Morgen waren alle erotischen Gefühle verflogen. Mein Kopf war schwer und meine Zunge derart pelzig, dass ich beinahe glaubte, im Schlaf eine Hand voll Wollmäuse verschluckt zu haben. Als ich nach draußen auf die sonnige Terrasse ging, herrschte bereits muntere Vitalität um den frisch gedeckten Frühstückstisch. Tarek und Martin waren schon wieder vom Brötchen holen zurückgekehrt und zählten ihr Kleingeld, da es wohl irgendwelche Unstimmigkeiten bei der Abrechnung gab. Meine Mitbewohner waren schon alle lange wach und genossen ihre erste Tasse Kaffee. Jeder wirkte ausgeruht und frisch. Ich war wohl der Einzige, dem die berauschende Nacht in den Gliedern lag. Alles fühlte sich dumpf und dunkel an. Gleichzeitig war ich verwirrt über die aufregenden Empfindungen, die Adrian in der Nacht bei mir ausgelöst hatte. Es war mir äußerst schwergefallen, meine Erregung unter Kontrolle zu halten. Und Schuld daran war sicherlich nicht nur Pepis Sangria. Offenbar gefiel mir Adrian auf einmal, wo ich ihn noch keine sechsunddreißig Stunden zuvor, als meiner unwürdig erachtet hatte. Oder war ich schlichtweg so ausgehungert nach Intimität, dass ich vor niemanden mehr Halt machte? In der Frische des Morgens jedenfalls erkannte ich, dass Adrian eine Sackgasse war. Er befand sich zum einen in einer frischen Partnerschaft und hatte andererseits auch nicht wirklich viel mit mir gemein. Dass ich mich ihm ohne weiteres hingegeben hätte, hinterließ den fahlen Geschmack von Einsamkeit. Graue Wolken zogen durch meine Sinne, während die anderen ihren frisch gepressten Orangensaft zu sich nahmen und ihre Pampelmusen-Hälften zuckerten. Der erste starke Kaffee half mir ein wenig aus den trüben Gedanken heraus, was inmitten all jener frisch verliebten Paare eine beachtliche Leistung meiner Psyche war. Ich fand meinen Platz am Frühstückstisch völlig selbstverständlich wieder direkt neben Adrian. Es hatte den Anschein, als hätten wir direkt von Stunde null an einen festen Sitzplan an der Tafel in der Gartenlaube festgelegt. Mir sollte das Recht sein, war ich mit Adrian zu meiner Linken doch recht glücklich.

„Du siehst noch müde aus." Er lächelte schön. Mit den knielangen Sporthosen und dem lila-gelben Trikot der *Los Angeles Lakers* erinnerte er an eine ziemlich kleine Version eines Basketballspielers. Ich stellte mit einer gewissen Missgunst fest, wie unverschämt ausgeschlafen er aussah, obwohl ihm die Sangria gestern viel mehr zugesetzt hatte als mir.

„Sieht nicht nur so aus."

Ich rieb mir die Müdigkeit aus den Augen und gähnte herzhaft in die Morgenluft.

„Hier, probier´ mal."

Er schob mir sein Getränk zu, in dem Gurkenscheiben und Basilikum rumschwammen. Ich nippte an dem Glasröhrchen.

„Und, wie schmeckt es dir?"

Er sah mich erwartungsvoll an.

„Besser als es aussieht", gestand ich und nahm bestätigend noch einen Zug aus dem Strohhalm, an dem noch wenige Augenblicke zuvor seine rosa

Lippen gehaftet hatten. „Wirklich lecker!"

Adrian lächelte zufrieden.

„Behalt es. Das wird dir guttun! Ich mache mir ein neues Getränk!"

Und mit der aufgehenden Sonne und der ersten Brötchenhälfte mit Nougatcreme besserte sich meine Befindlichkeit zusehends. Das Frühstück verlief harmonisch, auch wenn sich die Qualität der Unterhaltung untereinander nicht besonders verbessert hatte. Man reichte sich gegenseitig Aufstrich und Käse, bedankte sich höflich dafür und unterhielt sich über die strahlende Sonne des jungen Tages. Das Urlaubsradio überbrückte dabei die leisen Momente am Tisch. Adrian zeigte sich ziemlich aufgeschlossen und suchte das Gespräch mit mir.

„Ich weiß, dass ich schnarche, wenn ich zu viel getrunken habe", kam er ins Plaudern. Unter dem Tisch berührten sich unsere Schenkel zufällig, doch keiner von uns schreckte zurück.

„Ich habe nichts gehört. Hab´ ja selbst ziemlich feste geschlafen", log ich. Ich hätte ihm schwerlich verraten können, dass mich der Anblick seines strammen Körpers die halbe Nacht wachgehalten hatte. Unruhig hatte ich mich hin und her gewälzt und versucht meine Erregung abzubauen.

„Gut, aber falls dir mein Sägen in der Nacht doch mal zu laut wird, kannst du mich ruhig wecken."

Er schmiegte seinen Schenkel noch intensiver an meinen. Ein schönes Gefühl, das nun einen gewissen Teil meiner Konzentration beanspruchte. Obwohl unsere Unterhaltung gewohnt seicht blieb, genoss ich die wärme in Adrians Stimme und die

Aufmerksamkeit, die er mir so bereitwillig schenkte.

„Ach, vermutlich schnarche ich selbst auch. Ist kein Thema, Adrian!" Ich gab mich nachsichtig.

„Also ich habe dich nicht gehört."

Schweigend nahmen wir ein paar Bissen unserer Marmeladenbrötchen zu uns. Ich hatte das Bedürfnis unser Gespräch fortzusetzen. Die noch vor wenigen Augenblicken gefühlte Einsamkeit war dank meines freundlichen Nachbars nahezu verflogen. Adrians Interesse an einer Kommunikation mit mir erheiterte mich. Leider wusste ich nicht so recht, wie wir unsere Unterhaltung erneut beleben konnten, daher konzentrierte ich mich auf mein Brötchen und die Hitze seines Schenkels, der noch immer an meiner Beinseite ruhte.

„Aber keine Angst. Normalerweise trinke ich nicht so viel wie gestern", griff Adrian das Gespräch wieder auf. „Meine Schwäche sind eher Gummibärchen. Und dass ich nach denen nicht schnarche, weiß ich genau."

Ich lachte höflich über seine Anekdote und hatte dabei das Gefühl unter dem Tisch glühte unsere Berührung.

„Darum habe ich Yannick gebeten sie vor mir zu verstecken. Ich kann einfach nicht aufhören, wenn ich die Tüte angebrochen habe."

Ich schaute offensichtlich wie ein Auto.

„Yannick... Mein Freund", erklärte er ergänzend.

Augenblicklich zog ich mein Bein von seinem ab. Alle Glut war erloschen.

„Ach ja, sicher!" Ich lächelte verkniffen, während sich meine Finger zur Faust ballten.

„*Chicos*, seid ihr fertig mit dem Essen? Dann können wir langsam mal los, oder?!"

Pepi drängte zum Aufbruch.

„Los?", ging ich sofort auf den Themenwechsel ein, um weiteren *Yannick-macht-und-tut-Geschichten* zu entfliehen. „Wo gehen wir denn hin?"

„Shopping!"

Pepi zückte kurzerhand seine Kreditkarte und gab ihr einen liebevollen Kuss.

„Ich dachte, wir wollten heute ans Meer?!", warf Tarek ein.

„Gut, dann geht ihr ans Meer. In Marbella gibt es sowieso keinen *Primark* - oder wo dein Affe sonst seine Mode einkauft."

Dabei setzte Pepi das Wort „*Mode*" in Gänsefüßchen und würdigte Ralf mit einem abschätzigen Blick. Offensichtlich war es gefährlich sich zwischen Pepi und einem Besuch in der Shopping-Mall zu stellen.

„Du hast recht. Am besten sieht er sowieso aus, wenn er nichts trägt, außer einem Gummi über dem Schwanz." Tarek lehnte sich schnurrend zu Ralf rüber, der seinen osmanischen Liebhaber sogleich an sich ran zog. Dass dem jungen Glück die Geilheit schon wieder aus den Augen tropfte, war nicht zu übersehen. Pepis Gesicht färbte sich feuerrot.

„Schluss damit! Wir warten jetzt nicht, bis ihr euch noch ewig ausgebumst habt. In zehn Minuten fahren wir los. Entweder ihr steht mit euren Badetaschen bereit oder ihr bleibt hier", herrschte er wie eine Diva. Und tatsächlich befanden wir uns zwanzig Minuten später im Bus nach Marbella-

Stadt. Im Zentrum stiegen wir aus, während Tarek und Ralf weiter zum Hafen und in Richtung Strand fuhren.

„Herrlich!" Pepi zog die dicke Luft in der belebten Passage ein. „Hier kann man es aushalten!"

Wir schlenderten bei angenehm warmen Temperaturen durch die Einkaufsmeilen. Pepi war ausgelassen wie ein Kind zur Bescherung und erfreute uns mit seinem Staunen. In jedem Shop blühte er noch ein wenig mehr auf. Der Rausch der Luxusware nahm von ihm Besitz und füllte sein Gemüt mit euphorisierender Wonne. Jeder Look veränderte seine Persönlichkeit, so schien es. Mit unterschiedlichsten Posen betrachtete er sich mal kritisch, mal verspielt im Spiegel, warf sich selbst ein Lächeln zu und kokettierte wie ein Model auf dem Laufsteg. Er war hundertprozentig in seinem Element. Es wurde anprobiert, Qualitäten überprüft, über die Preise diskutiert und eingekauft, eingekauft, eingekauft. Gegen Mittag saßen wir in einer Eisdiele und erfrischten uns mit Eiskaffee im Schatten zweier großer Palisanderbäume. Tatsächlich hatten wir allesamt etwas gefunden und waren mit einigen Tragetaschen eingedeckt. Martin hatte mehrere Hemden und eine tolle Chinohose gekauft, ich zwei Shirts mit maritimen Mustern und selbst Adrian hatte sich für ein schönes Lederarmband entschieden, das er sich von mir ums Handgelenk binden ließ. Pepi allerdings war nicht zu toppen. Um ihn herum waren fünf Taschen mit den eindrucksvollen Emblemen der Boutiquen verteilt, in denen er im Rausch eingekauft hatte. Er hatte ein besonderes Faible für Schuhe und Accessoires, aber auch hautenge Tops und Unterwäsche hatte er ersteigert und sein Shoppinghunger war noch längst nicht gestillt. Den gesamten Eiskaffee lang zählte er uns die Boutiquen auf, in die er unbedingt noch rein müsse.

„Also Magno können wir von mir aus auslassen. Da kann ich auch in Deutschland rein. Aber ich muss auf jeden Fall noch zu *Don Miguel* und natürlich zu *El Caballo*. Oh mein Gott, ich glaube dort werde ich ohnmächtig."

Er kühlte sich mit dem Eiskaffeebecher die Stirn.

„Ganz ruhig mein Schatz."

Martin küsste seinen erhitzten Freund. Ich fand es bemerkenswert, mit welcher Engelsgeduld er sich von Shop zu Shop schleifen ließ und seinem Schatz aufmerksam beim Einkaufen beriet. Dabei beanspruchte er seinen Geldbeutel selbst mehr, als er es eingeplant hatte, denn Pepi nötigte ihn permanent ebenfalls etwas anzuprobieren. Es machte ihm offensichtlich genauso viel Spaß Martin einzukleiden, wie sich selbst. Und wenn die Preise akzeptabel waren, griff Martin zu.

„Ach Schatz, ich bin wirklich eifersüchtig auf deine Chinohose. Wenn es die in meiner Größe gegeben hätte...", schwärmte er. „Aber so kann ich sie wenigstens an dir sehen. Du siehst so attraktiv damit aus!"

Er küsste Martin impulsiv. Die beiden kamen mir in diesem Moment sehr verliebt vor und ich freute mich für meinen besten Freund, dass er mit Pepi an seiner Seite so aufblühte. Ich hatte ihn selten zuvor so glücklich erlebt. Nach dem Eiskaffee fiel ich in meine mittägliche Trägheit und hatte nur noch wenig Lust weitere Fashionstores nach Angeboten zu durchstöbern, während Pepi es kaum erwarten konnte zu *El Caballo* zu kommen. Adrian und ich entschieden uns daher dafür, ein wenig an der Hafenpromenade zu flanieren. An der mit Orangenbäumen und Palmen gesäumten Promenade herrschte ein ganz besonderes Flair. Wir schlenderten vorbei an kleinen Bodegas und Restaurants, in denen es köstlich nach Muscheln und gegrilltem Fisch roch, und an Imbissbuden, die frittierte Teigtaschen oder Churros anboten. Die Sonne war heiß, doch vom Meer zog eine kühle Brise über den flirrenden Asphalt der Flaniermeile. Wir passierten mehrere Straßenverkäufer, die Hüte und Sonnenbrillen auf einer ausgebreiteten Decke anboten und einige Künstler stoppten uns mit einem Lächeln, um uns ihre Ausstellungsstücke zu zeigen. Adrian ließ sich von einem der Straßenkünstler so beschwatzen, dass er eine Karikatur von sich anfertigen ließ. Es dauerte keine zehn Minuten, bis die Zeichnung fertig war und Adrian als Basketball-Spieler zeigte, dem die Luft aus dem Ball entwich. Der Künstler hatte ihn gut getroffen und seine bemerkenswert durchtrainierte Statur auf eindrucksvolle Weise wiedergegeben. Als er sich auf dem Bild sah, musste er erst mal Lachen und dankte dem Maler mit einem langen Händedruck und einer nicht enden wollenden Dankesrede im breitesten Kölner Dialekt. Ich war mir sicher, dass der Karikaturist kein Wort verstanden hatte und andererseits verstand Adrian die spanische Antwort des Künstlers nicht, aber beide verabschiedeten sich mit einem zufriedenen Lächeln.

Wir schritten weiter die Promenade entlang, vorbei an dem wunderschönen Sandstrand, auf dem sich mehrere Beach-Restaurants niedergelassen hatten. Wir hielten Ausschau nach Tarek und Ralf, konnten sie jedoch nicht ausfindig machen.

„Ist schon seltsam, dass sich unsere Gruppe schon am ersten Tag so aufgeteilt hat, oder?!", stellte Adrian fest.

„Ich finde das vollkommen in Ordnung. Den ganzen Tag zu sechst zu verbringen wäre mir bestimmt bald zu stressig. Kleine Gruppen haben ihre Vorteile, findest du nicht?"

„Ja, doch schon… Ich dachte nur, dass es sich mehr vermischen würde."

„Wie meinst du das?"

„Na, ich meine, es ist schade, dass die Pärchen nur etwas als Paar unternehmen. Sie schlafen gemeinsam in einem Zimmer, sie sitzen beim Essen immer nebeneinander und auch beim Ausflug in die Stadt hat sich die Gruppe nur paarweise aufgeteilt. Tarek bleibt bei Ralf und Martin bei seinem Pepi. Und wir zwei sind auch ständig beieinander."

„Das klingt ja so, als wärst du mit meiner Gesellschaft nicht zufrieden", tat ich gespielt entrüstet. Allerdings fragte ich mich doch, was hinter seiner Äußerung steckte. Ich fand es eigentlich ganz gut, dass wir zu zweit unterwegs waren. Adrian war mir einer der liebsten Zeitgenossen aus unserer kleinen Urlaubsgruppe geworden. Er trat stets mit positivem Gemüt auf und war eine ganz und gar angenehme Begleitung. Sollte ich nun Zweifel daran bekommen, ob er meine Anwesenheit genoss.

„Nein, Quatsch! Ich mag dich sehr gerne um mich

herum", korrigierte er sich und wurde nun fast verlegen. „Aber es wäre doch auch schön, wenn beispielsweise Tarek jetzt auch mit uns dabei wäre und Ralf dafür mit Martin und Pepi beim Shoppen."

„Ralf mit Martin und Pepi beim Shoppen...?!?", wiederholte ich ungläubig und konnte mir ein süffisantes Lachen nicht verkneifen. „Ich kann mir keine ungünstigere Konstellation vorstellen."

„Ja, schlechtes Beispiel, ich weiß! Aber du weißt doch, was ich damit sagen will. Ich komme mir schon vor, als wären wir zwei selbst ein Paar, weil wir alles zusammen machen."

Aha, daher wehte der Wind. Nun verstand ich, was Adrian mir auf umständliche Weise zu erklären versuchte. Da weder Tarek noch Martin ihrem Partner von der Seite wichen, waren Adrian und ich zwangsläufig das dritte Urlaubspaar unserer Gemeinschaft geworden. Ich hatte meinen festen Platz an seiner Seite gefunden und Adrian schien deswegen seinem Freund gegenüber Gewissensbisse zu bekommen, obwohl wir uns überaus manierlich verhielten.

„Geht es um Yannick?", fragte ich schließlich, weil Adrian nun etwas bekümmert wirkte.

„Ja, ich glaube schon. Er hat sich einfach Sorgen gemacht, als er hörte, dass ich mit schwulen, jungen Männern verreise. Wir haben so lange diskutiert und ich habe ihm versprochen, dass nix mit anderen laufen wird..." Er wirkte traurig.

„Aber das Versprechen hast du doch auch eingehalten", versuchte ich ihn zu trösten. „Wollen wir nicht in einer der Strandbars etwas essen gehen?",

schlug ich vor. „Mein Magen knurrt schon ´ne ganze Weile und dann können wir uns ja weiter über Yannick unterhalten. Einverstanden?"
Adrian stimmte zu.

Wir kehrten in die nächste Bar ein, suchten uns ein schattiges Plätzchen auf der Strandterrasse und bestellten uns jeweils ein kühles Bier und eine Kleinigkeit zu essen. Mit dem Bier in der Kehle fiel es mir schon viel leichter über Yannick zu sprechen.
„Dann erzähl doch mal. Was ist jetzt mit Yannick?", forderte ich Adrian auf, seinen Kummer loszuwerden.
„Na ja, Yannick hat vor mir viele schlechte Erfahrungen in Beziehungen gemacht. Er wurde von fast allen seinen Partnern früher oder später betrogen. Das hat ihm schwer zu schaffen gemacht", holte er lange aus. „Er hat mir auch gleich bei unserem ersten Treffen erzählt, wie schwer es ihm fällt, zu vertrauen und wie wichtig ihm deswegen Ehrlichkeit sei. Und damit ist er bei mir ganz richtig. Mir ist das auch sehr wichtig und ich habe noch nie jemanden betrogen. Ich weiß, wie schmerzhaft das ist."
Er blickte nachdenklich in die Vergangenheit zurück.
„Oh ja, ich auch", warf ich zustimmend ein und erinnerte mich an meine Kindheit und die Streitereien zwischen meinen Eltern. Erst Jahre später hatte ich verstanden, dass sie sich aus gutem Grunde gegenseitig Untreue unterstellt hatten. Auch Adrian hatte ähnliche Erfahrungen gemacht.

Nach der Geburt seiner beeinträchtigten Schwester hatte sich das Leben der noch recht jungen Familie stark verändert. Adrians Vater wünschte sich seine Freiheit zurück und sehnte sich nach der Leichtigkeit junger Verliebtheit. Daher war er immer wieder aus der Beziehung herausgetreten und hatte sich auf andere Frauen eingelassen, bis er eines Tages seine Familie komplett zurückgelassen hatte und nie mehr von sich hören ließ. Adrian hatte seither, als ältestes von drei Kindern, einen Großteil der väterlichen Verantwortung mit übernehmen müssen. Mit all den neuen Aufgaben blieb ihm noch nicht einmal Zeit, den Verlust seines Vaters zu betrauern. Bis zum heutigen Tage kämpfte er damit und gestand, dass er noch immer hoffte, irgendwann von ihm zu hören. Ich hielt tröstend seine Hand, nachdem seine Stimme bei den letzten Sätzen brüchiger geworden war. Ich hatte bis dahin keine Ahnung davon, welch schwere Last auf dem immer gutgelaunten Adrian lag. Er verriet mir, dass er über diesen Teil seines Lebens nur selten offen sprach, und ich empfand es als großes Kompliment, dass er sich mir gegenüber verletzlich zeigte. Über seinen hellblauen Augen lag nun ein rosa Schleier und ich bemerkte, wie er Tränen zurückhielt. Nach einer Weile des Schweigens lächelte er mir dankbar zu und zog seine Hand aus meiner zurück.

„Aber wie du weißt, sind Yannick und ich noch nicht sehr lange zusammen", schloss er den Bogen und kam wieder auf sein ursprüngliches Thema zurück. Ich lauschte interessiert. „Er ist generell ziemlich misstrauisch und häufig eifersüchtig, obwohl es überhaupt keinen Grund dafür gibt. Es war unheimlich schwer, ihm die Angst zu nehmen, ich könne ihm in Marbella untreu werden." Er nahm einen kräftigen Schluck von seinem Bier. „Deswegen war es umso wertvoller, als er mich mit euch hat mitgehen lassen. Seinen Vertrauensvorschuss möchte ich nicht missbrauchen. Verstehst du das?" Er sah mir nun gequält in die Augen. Ich wusste sofort zu interpretieren, was er mir zwischen den Zeilen mitgeteilt hatte. Er fühlte sich zu mir hingezogen. Offenbar schien es ihm nicht mehr so einfach zu fallen, sein Treueversprechen einzuhalten.

„Ja, ich verstehe das", antwortete ich deshalb etwas trocken. Ich erkannte hinter seinem sehnsüchtigen Blick nun das Dilemma, in dem Adrian sich befand.

„Doch nun sitzen wir ständig aufeinander und unterscheiden uns nur von den anderen beiden Pärchen, indem wir keinen Sex miteinander haben."

Er sah mich noch intensiver an. Ich spürte, dass uns dieser intime Moment der gegenseitigen Offenheit deutlich zueinander hingezogen hatte. Ich jedenfalls wollte in diesem Augenblick nichts lieber, als ihm sein Basketball Trikot von den Muskeln zu reißen und mich hemmungslos an ihm zu laben. Das Feuer in seinen Augen und der halb geöffnete Mund verrieten mir, dass es Adrian ähnlich ging.

„Ja, aber das ist doch gut", belog ich ihn und mich selbst, denn ich fand seine Ehrlichkeit so sexy, dass ich es überhaupt nicht mehr gut fand, dass er nicht auf der Stelle mit mir schlief. „Du brauchst dir doch überhaupt nichts vorzuwerfen. Du hast dich wie ein perfekter Gentleman verhalten. Dein Freund kann dir zurecht vertrauen."

Adrians Hand lag verloren und einsam neben seinem Tapas-Teller und rief förmlich danach von meiner gehalten zu werden, als...

„Heeey, was macht ihr denn hier?" Tareks lautes Organ zerschmetterte die knisternde Atmosphäre. „Habt ihr genug vom Einkaufen?"

Die beiden rückten sich zwei Stühle an unseren Tisch und ich bedauerte die plötzliche Beschneidung unserer aufregenden Zweisamkeit.

„Sozusagen." Adrian atmete erleichtert auf.

Ich kehrte in die Realität zurück und nahm überrascht wahr, wie voll es auf der Terrasse des *Chiringuitos* geworden war.

„Hey Chico, dos cervezas." Tarek machte dem Kellner über drei Tische klar, dass sie Durst mitgebracht hatten. „Und Tinchen und ihr giftiger Chihuahua sind noch dabei sich in den Ruin zu treiben?", lachte er in die Runde. Wir nickten beide bestätigend und übergingen die bissige Attacke gegen Pepi. Der Kellner brachte zwei Bier und wir bestellten ebenfalls noch welche.

„Schatzi…", brummte Ralf mit seiner tiefen Stimme. Dabei streichelte er seinem Freund minimalistisch über den Arm und sah ihm schweigend in die Augen.

„Wir gehen kurz trockene Sachen anziehen. Wir waren gerade noch Schwimmen und sind voller sand." Tatsächlich waren beide noch nass auf der ganzen Haut und während Tarek noch einige Zeit seine Badetasche nach trockener Kleidung durchsuchte, stand Ralf bereits ungeduldig wartend neben ihm. Ich konnte allmählich nachvollziehen, was meinen besten Freund an seinem ungleichen Partner dermaßen anzog. Ohne die unvorteilhafte Kleidung war Ralf ein attraktiver Mann, mit der sehnigen Statur eines Rettungsschwimmers. Aufrecht und mit stolz geschwellter Brust, wirkte er viel größer als er tatsächlich war. Seine Muskulatur war gut ausgebildet und sein zäher Körper mit ästhetischer Behaarung an den richtigen Stellen überzogen. Er trug eine fast durchsichtige und mehr als knappe Badehose, die sich eng um die prallen Eier und einen wohlgeformten Schwellkörper schmiegte, der sich hart gegen den Lycrastoff stemmte. Man konnte kaum hinschauen, ohne peinlich berührt zu sein. Endlich hatte Tarek all seine Sachen beieinander und stolzierte neben seiner testosterongeladenen Maschine in Richtung Toiletten.

„Ich wette, die treiben es gleich wieder", witzelte Adrian. „Hast du Ralfs Beule gesehen? Der war doch schon wieder hart." Er rollte die Augen.

„Ja!", bestätigte ich etwas entrüstet. „Der Typ ist anscheinend dauergeil! Redet den ganzen Tag kein Wort und denkt nur ans Bumsen."

„Meinst du sie machen es gerade auf dem Klo?" Adrian lachte verschmitzt.

„Hoffentlich nicht! Wir sind hier schließlich in einem öffentlichen Lokal und nicht im Darkroom. Die werden sich wohl noch mal für einen Nachmittag beherrschen können."

Doch die Minuten vergingen und weder Tarek noch Ralf kamen zurück an den Tisch.

„Ich glaube, ich habe was gehört...!", flüsterte Adrian und griff nach meinem Arm. „Da... schon wieder!"

Ich lauschte und betete, dass es sich bei dem dumpfen Gepolter nicht um das handelte, was ich vermutete. Doch je länger wir die Ohren spitzten, desto mehr bestätigte sich unser Verdacht. Die dumpfen Schläge gegen die Wand hallten nun in immer regelmäßigeren Abständen über die beschattete Terrasse und obwohl die beiden tatsächlich bemüht waren leise zu sein, drang zunehmend tiefes Keuchen zu uns hinüber. Mittlerweile waren Adrian und ich längst nicht mehr die einzigen, die die verräterischen Geräusche richtig zu interpretieren wussten. Auch an zwei anderen Tischen tuschelten die Gäste mit einem breiten Grinsen und beobachteten aufmerksam den Zugang zu den Toiletten, damit ihnen nicht entging, wer gleich dort herauskommen würde. Dem tackernden Geräusch nach zu urteilen, würden sie nicht mehr lange warten müssen. Mit einem deutlichen Brunftlaut endete das *Finale Grande*. Mir war es unglaublich peinlich als Tarek und Ralf sich wenige Minuten später freudestrahlend, und von einem halben Dutzend Augenpaaren begleitet, zu uns an den Tisch setzten.

„Ahh, das war gut!", stöhnte Ralf beim Hinsetzen und griff liebevoll nach Tareks Hand. Tarek hingegen sah etwas müde aus.

„Sag mal, habt ihr sie noch alle?", mimte ich die Mutter Moral. „Euch ist schon klar, dass das gesamte Lokal eure Eskapade mitbekommen hat?!"
Ich schämte mich.

„Na und." Ralf zuckte mit den Schultern. „Was ist

schon dabei, wenn wir Freude aneinander haben?"

„Es ist ja auch schön, dass ihr so viel Spaß am Sex habt, aber irgendwo hat es auch Grenzen. Die Leute kommen hier her, um zu essen und nicht, um euch beim Bumsen zuzuhören."

„Reg dich ab! Wir haben niemanden verletzt."

„Ja, reg dich ab...", mischte sich nun auch Tarek ein, wenngleich auch etwas halbherzig. Kraftlos nippte er an seinem Bier und gähnte herzhaft. Der häufige Sex mit Ralf schien ihn schwer zu beanspruchen. „Lasst uns was zu essen bestellen. Ich habe Hunger!"

Ich war verärgert über die Uneinsichtigkeit der beiden. Besonders ärgerte mich dabei, dass Tarek sich seinem Freund gegenüber so unkritisch verhielt und sofort Partei für ihn ergriffen hatte. Doch die anderen Gäste hatten bald das Interesse an uns verloren und damit verflüchtigte sich auch meine Beschämung.

*

Wir blieben noch eine ganze Weile in der Bar, bis Martin uns verständigte, dass ihr Shopping-Marathon sich dem Ende neigte. Ausgelaugt trafen wir uns eine halbe Stunde später an der nächsten Bushaltestelle und traten den Heimweg an. Sobald wir daheim angekommen waren, legten sich Tarek und Ralf schlafen und wir anderen vier ruhten im Garten bei einem guten Buch oder einer Tasse Kaffee. Ich hatte mir die Kopfhörer aufgesetzt und ein Hörbuch eingeschalten, allerdings war ich nicht besonders aufmerksam. Mich beschäftigte vielmehr das Gespräch mit Adrian und die starke Anziehung, die zwischen uns entstanden war. Es war schön gewesen, den Tag mit ihm zu verbringen. Wir hatten viel zu erzählen und viel gelacht. Nicht zuletzt war Vertrauen zwischen uns entstanden. Und beim Essen hatte es ganz schön heftig zwischen uns geknistert. In Adrians Blicken hatte sich Sehnsucht gezeigt. Und Bedauern, mir nicht nahe sein zu können. Ich bedauerte das ebenfalls. Sein Interesse an mir boosterte merklich meinen Selbstwert. Hatte ich mich doch die letzte Zeit sehr einsam gefühlt und mich gefragt, weshalb niemand in mir Beziehungsmaterial sah. In diesem Punkt zog ich eine schlechte Bilanz. Zwei Exfreunde und alle beide hatten sie die Beziehung beendet. Ich zweifelte daher allmählich, dass ich jener coole Draufgänger war, für den ich mich gerne gehalten hätte. In Adrian hingegen steckte definitiv Beziehungsmaterial. Mit seiner Lesebrille auf der Nase und dem Buch in der Hand, fand ich ihn mega süß. Andererseits war er wiederum recht einfach gestrickt. Einen zukünftigen Partner hatte ich mir immer ganz anders vorgestellt, viel smarter und redegewandter, mit einem feinen Sinn für Humor und Geschmack. Und vor allem größer hatte ich ihn mir ausgemalt. Ich sah gerne zu meinem Partner auf, das war mit Adrian nicht möglich. Dennoch konnte ich nicht von der Hand weisen, wie rattenscharf ich seinen muskulös durchtrainierten Körper fand. Ich war mir unschlüssig, ob meine Gefühle tief genug gingen, um einen Annäherungsversuch zu rechtfertigen. Ich gefährdete damit Adrians aktuelle Beziehung und fühlte mich daher gehemmt, aktiv einen Vorstoß zu wagen. Andererseits war die queere Szene leergefischt. Auf dem freien Markt standen nur bindungsunwillige Männer zur Verfügung. Adrian schien in dieser Hinsicht keine Probleme zu haben. Es war eine Qual diese Gelegenheit sehenden Auges an mir vorüberziehen zu lassen. Vor mir lagen Martin und Pepi ineinander eingekuschelt. Sie wirkten zufrieden während ihres gemeinsamen Mittagsschlafes. Eben diese Geborgenheit konnte mir kein Sexdate erfüllen. Ich sehnte mich nach einer Umarmung. Wie es sich wohl anfühlte von Adrian gehalten zu werden? Mein Hörbuch kam nun langsam zum Ende seiner Geschichte und auch mein Magen verlangte nach einer Mahlzeit, als auch Pepi rollend die Augen öffnete.

„Die Bumserei geht mir langsam auf die *Cojones*!", hörte ich ihn fluchen, als ich die Kopfhörer abnahm. Gleichzeitig vernahm ich den allabendlichen Akt von Ralf und Tarek, die der Dezibelzahl eines Presslufthammers Konkurrenz machten.

„Reg dich nicht auf. Komm mit in die Küche. Du zauberst uns wieder eine so wunderbare Sangria wie gestern und ich koche uns ein Chili."

Adrian reichte dem aufgebrachten Latino die Hand. „Ich beneide euch!", gestand ich und setzte mich zu Martin, als die anderen beiden in die Küche gegangen waren. „Ihr seht so glücklich aus!"

„Das sind wir auch!", bestätigte Martin, blickte jedoch nicht ganz so glücklich drein. Auf einmal konnte man die Zikaden im Garten hören.

„Was ist los?", wollte ich wissen. „Stimmt etwas nicht?"

„Das ist nicht so leicht, weißt du", druckste er herum. „Wir hatten noch keinen Sex, seit wir hier sind."

„Na und? Wir sind doch erst gestern angekommen."

„Aber die da..." Er deutete in die oberen Schlafzimmer. „… Haben es bestimmt schon sechs Mal miteinander getan, seit wir hier sind."

„Sag mal, zählst du etwa mit?", verschwieg ich ihm, die Eskapade aus der Strandbar. „Ich finde nicht, dass Ralf und Tarek ein gesunder Maßstab dafür sind. Und überhaupt: Was spielt das für eine Rolle, wer hier wie oft rummacht?" Ich verstand seinen Standpunkt nicht. Martin war weiterhin verlegen.

„Es ist nun mal so..." Er nestelte an seinem Shirt. „Um ehrlich zu sein... haben wir... schon seit einigen Wochen nicht mehr miteinander geschlafen", gestand er mir und zog den Kopf ein, als würde er dafür eine Schelte von mir erwarten.

„Ach ja?" Ich war überrascht. Sie schienen mir zu

frisch verliebt, als dass sie bereits das Interesse aneinander verloren haben könnten. „Aber was ist der Grund? Ich sehe doch, dass ihr euch liebt."

„Oh ja, ich liebe ihn sehr!" Seine hellblauen Augen begannen zu glänzen. „Aber ich bin nicht der Richtige für ihn. Pepi braucht einen anderen Partner. Er muss sich noch austoben, will auf Partys, und am liebsten jedes Wochenende ausgehen. Ich fühle mich dafür echt schon länger nicht mehr gemacht. Mir genügt es daheim gemeinsam zu kochen und danach mit der Konsole zu zocken oder zu netflixen. Nichts Aufregendes, einfach etwas heimelig mit ihm sein. Das genügt."

Ich verstand kein Wort.

„Ja und?"

„Ich fürchte ich kann ihm nicht wirklich das bieten, was er braucht. Er wird sich schon bald nach jemand besserem umsehen."

Martin hatte offenbar Zweifel daran, seinen Partner halten zu können. Die Gründe dafür schienen vorgeschoben, doch ich verstand, was sich hinter seinen Befürchtungen verbarg. Martin glaubte, nicht zu genügen und hatte daher Angst sich auf Pepi einzulassen. Das machte sich offenbar besonders in ihrem Sexualleben bemerkbar, wo er Pepi seit geraumer Zeit von sich wegschob.

„MOMENT!", erhob ich Einspruch, ehe Martin weiter solchen Unsinn von sich gab. „Martin, soll das heißen, dass du keinen Sex mit Pepi hast, weil du befürchtest, dass du nicht genügst?"

„Das ist keine Befürchtung, das ist einfach Fakt. Bald schon findet er jemand jüngeres und dann ist Pepi Geschichte. Verstehst du?"

„Das ist doch absoluter Blödsinn, Martin. Pepi liebt dich. Das ist offensichtlich. Es ist vollkommen in Ordnung, dass ihr unterschiedliche Vorstellungen von eurer Freizeitgestaltung habt. Da findet ihr schon eure Kompromisse. Der Altersunterschied ist okay. Mach dir darüber keine Sorgen. Glaub mir, Pepi ist das Bewusst und um es dir nochmal ganz deutlich zu sagen: Du bist ′ne spitzen Partie und siehst so gut aus, wie seit Jahren nicht! Er kann sich verdammt glücklich schätzen, einen so lieben und fürsorglichen Partner wie dich gefunden zu haben. Martin, mach dich nicht klein.“

„Das ist lieb, Jonah. Aber ich kann das Gefühl nicht loswerden, dass Pepi eine Nummer zu groß für mich ist. Und das wird er irgendwann bemerken. Dann ist er weg!“

Ich schüttelte verständnislos den Kopf. Martins Komplexe waren so fest verwurzelt, dass mir kein Argument mehr einfallen wollte, ihn vom Gegenteil zu überzeugen. Es tat mir unendlich leid, sein verzerrtes Selbstbild von sich nicht auflösen zu können. Für mich war er schon seit Jahren einer meiner besten Freunde und das aus gutem Grund. Es gab keinen anderen, der so loyal und ehrlich war, geduldig und einfühlsam – einfach ein toller Freund.

„Ach, Martin.“ Ich umarmte ihn. „Bitte glaub an dich, ja?! Es ist deine erste Beziehung, aus der etwas Wahrhaftiges entstehen kann. Ich verstehe, dass deswegen ein besonderer Druck darauf lastet, aber lass dir nicht von der Angst die Liebe nehmen.“ Martin nickte und drückte mich, aber ich war mir nicht sicher, ob meine Worte tatsächlich zu ihm durchgedrungen waren. Ein schlechtes Gefühl blieb haften.

*

Was wir nicht mitbekamen, war, dass auch ein Stockwerk über uns, im *dormitorio de la pasión,* sich das erste Gewitter anbahnte.

„Puhh, war das genial! Du bist der Kracher, Babe!" Ralf rollte sich von seinem Freund ab und ließ sich erleichtert in die Kissen sinken. Das Zimmer war dampfig und roch nach Männerschweiß.

„Du warst auch super", bestätigte Tarek tonlos.

„Willst du auch einen?" Ralf schenkte sich einen Brandy ein, nachdem er das Gummi von seinem immer noch prallen Schwanz gerollt hatte.

„Ja, gerne!" Tarek war absolut erschöpft. Er hätte auf der Stelle einschlafen können, wenn der Hunger ihn nicht wachgehalten hätte.

„Es gibt keinen Typen, der heißer ist als du! Wenn ich nur daran denke, wie geil eng du bist, werde ich schon wieder hart", schwärmte Ralf und knetete sich den Schritt.

„Weißt du was: ich denke, ich gehe mal runter. Es riecht nach Essen und vielleicht kann ich ja auch mal beim Kochen helfen."

„Das kannst du gerne machen", flüsterte ihm Ralf ins Ohr „Aber lass mich dich vorher noch mal verwöhnen, ja?!", schnaufte er und zog sich gierig an ihn ran.

„Ralf, bitte. Wir hatten doch gerade erst Sex."

„Ich weiß, aber ich will mehr von dir!"

„Du... mir wird das ehrlich gesagt zu viel. Wir haben uns in den letzten vierundzwanzig Stunden neun(!) Mal geliebt. Du bist noch nicht mal von der letzten Runde abgeschwollen und willst schon wie-

der." Tarek schüttelte verständnislos den Kopf.
„Was soll's? Wir sind im Urlaub und du bist heiß! Ist es so schlimm, dass ich dich geil finde?"
Er rollte sich auf seinen belastbaren Freund.
„Nein, das ist natürlich nicht schlimm. Aber es ist doch auch mal schön 'ne Pause einzulegen. Außerdem sollten wir uns auch mal beim Kochen beteiligen. Wir können doch nicht immer erst dann aufschlagen, wenn das Essen auf dem Tisch steht und erwarten, dass die anderen alle Arbeiten für uns erledigen. Wir sind eine Gemeinschaft. Verstehst du?"
„Okay, ich verspreche dir, wir beteiligen uns. Aber jetzt machen wir die zehn voll. Komm, sei lieb zu mir!"
Er rieb sich an Tarek und stemmte seine Lenden gegen den jungen Südländer. Sie machten die Zehn voll, aber Tarek war nicht mit dem Herzen dabei.

*

Als sich schließlich alle zum Essen auf der Terrasse versammelt hatten, lag eine merkwürdige Stimmung über dem Abend. Martin war traurig, weil er überzeugt war, Pepi würde ihn bald gegen einen jüngeren Kerl austauschen. Er war emotional gestresst und konnte deshalb keine leidenschaftlichen Empfindungen entwickeln.

Pepi war gefrustet, weil Martin sich ihm schon seit Wochen sexuell verweigerte. All ihre Versuche, romantisch und liebevoll zu werden, waren gescheitert. Er zweifelte nicht an Martins Liebe, fühlte sich jedoch gekränkt. Leider wurde das sensible Thema ausgeschwiegen und jeder reimte sich seine eigene Wahrheit der Situation zusammen.

Tarek wiederum war verstört, weil ihn die permanente Lust seines Freundes überforderte. Er schlief echt gerne mit Ralf, aber in der Masse wurde es ihm allmählich zu viel. Er fühlte sich ausgelaugt und hatte gleichzeitig Angst davor, sich den Wünschen seines Partners zu widersetzen. Er wollte ihn auf keinen Fall verlieren.

Ralf lief ständig mit geladenem Gerät herum. Seine Libido drängte ihn fortwährend, tief in seinen attraktiven Freund einzudringen. Er konnte überhaupt nicht verstehen, wieso Tarek sich nun so anstellte. Er hingegen war schon wieder rattenscharf und seine Power zurückzuhalten quälte ihn.

Adrian hingegen kämpfte gegen Schmetterlinge im Bauch an. Es hatte ihn völlig unvorbereitet getroffen. Und nun stand er vor der großen Frage wie stark seine Loyalität Yannick gegenüber war. Jonah interessierte ihn zunehmend. Er hatte sogar davon geträumt, ihn zu küssen. Anschließend war er mit einem mörder Rohr erwacht. Hoffentlich würde er hier keinen Mist bauen.

Jonah wiederrum kämpfte mit seinem Selbstwert. Er war ständig von frisch verliebten Pärchen umgeben, die ihm seine Unzulänglichkeit vor Augen führten. Es war schwer zu ertragen, dass er selbst keine Erfolge bei seiner Partnersuche vorzuweisen hatte. Selbst Adrian war ihm unerreichbar. Oder womöglich doch nicht? Sollte er um ihn kämpfen?

Alle sechs Personen befanden sich in einem alles entscheidenden Konflikt und an diesem Abend fanden alle die gleiche Lösung für ihr Problem: Alkohol.

Pepi mixte seine *Sangria Especial* mit weniger Obst und weniger Liebe, aber dafür mit einem extra starken Schuss Rum. Die erste Karaffe leerte sich ebenso schnell, wie Adrians Chili. Wir stießen vor, während und nach dem Essen gegenseitig an und spülten alle Sorgen munter hinunter. Bald schon war von Grübeleien keine Rede mehr. Die Bowle schlug ein, wie eine Bombe. Feinmotorik wurde zum Fremdwort. Martin drehte plötzlich die Musik auf und zog uns nach und nach zum Tanzen auf den Rasen. Bald schon standen wir alle auf wackeligen Beinen singend im Garten und bewegten uns zu Popmusik aus dem Urlaubsradio. Ralf tropfte schon wieder und rieb sich an Tareks Flanken. Dieser hatte jedoch wenig Lust darauf, Ralfs Libido zu schüren und entwand sich den Annäherungsversuchen, indem er Martin oder mich ansteuerte. Martin war betrunken wie selten. Er umarmte mit dem einen Arm die Karaffe Sangria und prostete uns mit der anderen Hand im Minutentakt zu. Trinksprüche und unverständliche Worte sprudelten aus ihm hinaus und schließlich sogar Chili a la Adrian. Direkt in den Hibiskus. Nachdem er sich geräuschvoll entladen hatte, sackte er auf einem Gartenstuhl zusammen und schlief noch im Sitzen ein. Der Speichel tropfte ihm aus dem offenen Mund bis auf den Sweater, während um ihn herum die *Fiesta* in vollem Gange war. Das Klirren der Gläser und albernes Gelächter hallten durch die Nacht, während die Lichter der umliegenden Häuser nach und nach erloschen. Der Mond wanderte von links nach rechts, doch unser Durst nach absoluter Ausgelassenheit war noch lange nicht verebbt. Wir hielten uns in den Armen und sangen lauthals die Lieder aus dem Radio mit, tanzten oder drehten uns völlig unkoordiniert im Kreis, bis wir dabei gegen Möbel und Büsche taumelten. Der gemeinsame Rausch vereinte uns. Wir waren Trinkkumpanen, nein mehr noch, wir fühlten uns erstmals wie richtige Freunde an. Selbst Ralf wurde nun gesprächig und war dabei überraschend unterhaltsam. Und als wären wir alle nicht schon längst über unserem Limit gewesen, zog Pepi im Übermut auch noch einen kleinen Joint aus seiner Jeansjacke.

„Chicos...", jubelte er mit schwerer Zunge. „Seht mal, wer mir hier zugelaufen ist." Er zündete die süßliche Tüte an und sog den weißen Rauch tief in sich ein. „Aaaah, gutes *Ganja*!", lachte er und reichte den berauschenden Glimmstängel in die

Runde. Gierig sogen wir einer nach dem anderen daran.

„Pepi...", lallte Ralf. „Ich weiß du magst mich nicht; aber ich finde dich in Ordnung!"

Er inhalierte den heißen Dampf.

„*Dios mío. Hombre*, du bist breit!", lachte der kleine Mexikaner albern.

„Wisst ihr, ich hab´ euch alle gern!", lallte Ralf heiter. „Ihr seid meine Jungs!"

Er umarmte dabei auf der einen Seite Tarek und auf der anderen mich.

„Und wir haben dich gern", antworteten wir ebenso zeitgleich wie gleichgültig. Daraufhin mussten wir alle lachen. Adrian bekam davon nicht mehr viel mit. Das Gras setzte ihm zu. Er rieb sich mit den Handballen die Augen, die er nur noch mühevoll aufhalten konnte. Der Garten schien sich nun um ihn zu drehen. Er musste sich sogar am Hibiskus festhalten und hätte dabei beinahe in Martins Chilireste gegriffen, wovon er allerdings nichts mehr mitbekam.

„Leute, ich bin maximal fertig." Er atmete schwer in die klare Nachtluft. „Ich hau mich ins Bett. Wir sehen uns dann morgen."

„Gute Nacht, Adrian", hallte ihm der Chor der Gleichgültigen hinterher. Abermals bogen wir uns, der Komik unserer Monotonie wegen. Adrian war bald darauf im Haus verschwunden, jedoch nicht ohne vorher nochmals in den Gasgrill zu stolpern, der bei dem Zusammenstoß blechern schepperte.

„So Jungs, da waren es nur noch wir!", stellte Ralf schwerfällig fest. Er redete ungewöhnlich viel und stützte sich noch immer auf Tarek und mich auf.

„Es ist schön, dass es euch gibt, Jungs." Er zog uns näher an sich heran und herzte uns. „Ihr wisst ja nicht, wie gut ihr es habt! Ihr seid so jung und so hübsch und habt euer ganzes Leben vor euch. Und ich bin nur ein alter Hund!" Er bellte und heulte dazu auf, wie ein Wolf. Wir lachten über seine Scharade und er erfreute sich, dass er *seine Jungs* damit erheitert hatte. „Ihr seid klasse. Ich liebe Euch!"

Sein Arm auf meiner Schulter wurde immer schwerer.

„Und wir lieben dich", setzte der Monotonie-Chor ein. Lachen. Stille.

„Dann seid doch bitte so lieb und blast mir alle einen!", bat er und grinste dabei frech. Wir brüllten auf und bogen uns. „Hier…", sagte er und massierte sich die Jeans, in der sich eine dicke Silhouette abzeichnete. „Er liegt schon lang für euch." Und schon führte er erst Tareks und schließlich meine Hand auf seinen Schritt. „Na fühlt sich das nicht absolut hart und geil an?!", flüsterte er und lächelte verwegen zu mir rüber. Ich mochte es zwar kaum zugeben, aber ja, es fühlte sich absolut hart und geil an.

„Hey *Burrito*", rief er nun Pepi zu sich. „Komm her und fühl auch mal, was ein richtiger Kerl zu bieten hat."

„Nein, danke!", schlug er das ungehörige Angebot ab. „Ich habe einen Freund."

„Aber du liegst trotzdem trocken. Das sehe ich doch in deinem Blick. Du brauchst mal wieder einen saftigen Kolben. Einen steinharten. Vollgepumpte Manneskraft." Er ließ sich weiter die harte Beule von mir und Tarek massieren, während er sich auf uns aufstützte. Wir waren im Rausch und es fühlte sich gut an. An mehr dachte ich nicht. Tarek war offenbar mächtig stolz auf die Manneskraft seines Partners und nannte ihn ständig *Hengst* und s*tark.*

„Und das kann ich jeden Tag haben", flüsterte er mir zu und öffnete dabei die Knöpfe von Ralfs Jeans. Dessen Schwanz ploppte heraus und tanzte zuckend mit der Abendluft. Unsere Hände glitten über den stählern gehärteten Muskel. Ralf zog sein Shirt über den Kopf und warf es davon. Dann schlüpfte er vollends aus der Hose.

„Ich mache euch ein Angebot, das nur heute gilt – sozusagen, weil der Vollmond so schön scheint.", grinste er breit in den Himmel. „Ich stelle mich heute für euch zur Verfügung und ihr könnt mit mir machen, was ihr wollt, solange ihr wollt und wie hart ihr wollt."

Breitbeinig stand er vor uns, streckte die Arme links und rechts in die Dunkelheit aus und sendete Wolfsgeheul in den Himmel.

*

In der Frühe erwachte ich mit bleiernen Muskeln und stechenden Kopfschmerzen. Durch das gleißend helle Licht der Morgensonne, erkannte ich nur allmählich die schemenhaften Umrisse des Gartens, in dem ich mich splitterfasernackt wiederfand und nun langsam erhob. Als ich mich umblickte, bemerkte ich, dass die anderen Jungs sich in ähnlich desaströsem Zustand befanden und noch immer komatös ihren Rausch ausschliefen. Rings um uns herum lagen leere Gläser. Wahllos weggeworfene Kleidung war wild über den gesamten Garten verteilt. Martin war als einziger von uns angezogen, doch sein Sweater war unschön mit Erbrochenem beschmutzt. Sein Kinn ruhte auf der Brust. Getrockneter Speichel klebte daran und schimmerte fahl in den Tag. Pepi war direkt auf Ralf eingeschlafen, der auf dem Rücken lag und alle Extremitäten weit von sich ausgestreckt hatte – wie ein Seestern. Und auch Tarek machte einen erbärmlichen Eindruck. Erste Erinnerungsfetzen blitzen eindringlich vor meinem inneren Auge auf und ergaben allmählich ein Bild, das ich gerne sofort wieder gelöscht hätte. Im Zentrum all dieser Puzzleteile erschien immer wieder Ralf, an dessen unbeugsamer Libido wir uns nacheinander, mit animalischer Inbrunst, abgearbeitet hatten. Wie er es angeboten hatte, hatte er all unsere intimen Fantasien über sich ergehen lassen und sich uns mit seinem Körper bedingungslos zur Verfügung gestellt. Sowohl einzeln als auch gemeinschaftlich hatten wir ihn mit unserem gesamten Facettenreichtum bearbeitet und seine Belastungsgrenzen sowohl mit liebkosender Fürsorge als auch mit malträtierender Ausdauer ausgelotet. Trotz seines angeschlagenen Rauschzustands strotzte er voll unmenschlicher sexueller Energie und gab sich unseren teils absurden Liebesspielen auch dann noch hin, wenn er sich schon lange vor Schmerz oder Leidenschaft bog. Selbst nachdem er schließlich gekommen war und wie ihm aufgetragen, sein eigenes Ejakulat gegessen hatte, mobilisierte er abermals alle seine Kräfte, um uns im Morgengrauen alle nacheinander hammerhart zu nehmen. Noch immer spürte ich deutlich die Silhouette seines geschwollenen Kolbens in mir. Im Stehen hatte er mich genommen, während ich meine Beine um seine Lenden gelegt und mich an seinem sehnigen Nacken festgehalten hatte. Anschließend hatte er Tarek genommen und schließlich den schmalen Pepi auf sich reiten lassen und damit die Orgie zum Abschluss gebracht. Er steckte noch in Pepi, als sie bereits eingeschlafen waren. Erschrocken sah ich zur Gartenlaube. Martin durfte seinen Freund auf keinen Fall in jener verräterischen Position sehen. Ich suchte Pepis Kleidung zusammen und weckte ihn sanft.

„Hey", flüsterte ich ihm zu. Nur allmählich öffnete er die schwarz geränderten Augen. Ich gab ihm ein stilles Zeichen, leise zu sein. „Bitte nimm deine Sachen und geh hoch, ehe Martin wach wird", flüsterte ich. „Er darf dich nicht so sehen. Das verkraftet er nicht."

Pepi sah sich ungläubig um und benötigte eine Weile, um zu verstehen, was los war. Als er Ralf erblickte, der nackt und voll eingetrocknetem Sperma unter ihm lag, fand ich nur noch Schrecken in seinen Augen. Er konnte offenbar nicht fassen, was er sah. Je mehr Sekunden verstrichen, desto bewusster wurde ihm das Ausmaß seiner Handlungen. Tränen der Reue stiegen ihm auf.

„Du darfst es Martin nicht erzählen", bat ich ihn. „Das können wir ihm nicht antun!"

Er nickte und verschwand auf leisen Sohlen. Ich fühlte mich schlecht und mein Magen rebellierte. Ich hasste es, meinen besten Freund anlügen zu müssen und fühlte mich wie ein Verräter. Dann wurde mir übel. Nachdem ich mir fünfzehn Minuten lang die Seele aus dem Leib gekotzt hatte, verkroch ich mich ins Bett. Adrian schlief ruhig. Ich beneidete ihn um die Vernunft, mit der er den Abend beendet hatte, als es noch Zeit dafür gewesen war. Ich hätte ihn dafür Küssen mögen, doch ich befürchtete ihn zu besudeln. Er war einer der Guten und ich war nur ein notgeiler Bock, der sich nicht hätte schlechter fühlen können.

*

Den gesamten nächsten Tag lag ich krank im
Bett. Meine Kopfschmerzen brachten mich fast um
und alle paar Stunden musste ich speien. Ich hatte
mir fest vorgenommen, nie wieder Alkohol zu trinken und doch: sobald die Bilder der letzten Nacht
aufblitzten, hatte ich den brennenden Wunsch,
meine Erinnerung in Pepis-Spezial-Rum-Bowle zu
ertränken. Wie hatte Ralf uns für sein primitives
Angebot gewinnen können? Ich fand ihn doch
nicht einmal heiß. Scheiß Alkohol! Und dann noch
Pepis verfluchtes Gras, suchte ich überall die
Schuld für mein promiskes Verhalten. Mit dieser
dummen Aktion hatte ich Adrian vermutlich verloren. Er würde mächtig enttäuscht sein, wenn er
davon erfuhr. Wäre ich umgekehrt schließlich auch
gewesen. Das hatte ich mal wieder super hinbekommen. Wenn es darum ging, das eigene Glück
zu sabotieren, war ich einfach der ungeschlagene
Meister darin. Aber noch viel schlimmer war, dass
wir auch Pepi in die Sache hineingezogen hatten.
Martin würde das sicherlich nicht verstehen. Wir
begriffen ja selbst nicht, warum wir das getan hatten. Es war irgendwie über uns gekommen. Die
Geilheit hatte von uns Besitz ergriffen und uns mit
ihrem falschen Bild geblendet. Jetzt wo sie dem
Morgengrauen gewichen war, blieben nur die
Trümmer ihrer Zerstörungskraft zurück. Bei dem
Gedanken an die Konsequenzen wurde mir erneut
speiübel. Ich hoffte, dass ich alles ungeschehen
machen könnte, wenn ich nur lange genug im Bett
bliebe und mich vor der Welt versteckte. Im Laufe

des Tages sah Adrian ein ums andere Mal bei mir vorbei und brachte mir frisches Wasser und Bananenbrot. Ich war jedoch nicht fähig etwas zu essen. Obwohl er selbst auch mit Kopfschmerzen zu kämpfen hatte, sorgte er sich sehr fürsorglich um mich.

„Was für eine Nacht, was?!"

Er saß gegen Abend neben mir am Bett. Ich konnte ihn kaum ansehen, so sehr schämte ich mich.

„Geht es dir immer noch nicht besser?"

Ich schüttelte den Kopf.

„Mensch, ihr habt aber auch kein Ende gefunden. Vor allem hätten wir Pepis *Ganja* weglassen sollen. Das hat mir den absoluten Rest gegeben. Als ich im Bett lag, hat sich alles um mich herumgedreht. Aber ich bin trotzdem eingeschlafen."

Er lächelte müde.

„Wie geht es den anderen?", fragte ich schwach.

„Oh, Martin und Pepi habe ich heute noch nicht gesehen. Ich vermute ihnen geht es ähnlich wie dir. Und wir anderen sitzen vor dem Fernseher. Mehr ist heute echt nicht drin. Brauchst du noch etwas?"

Er streichelte mir die verschwitzten Haare aus der Stirn.

„Nein, nur Schlaf."

Adrian lachte.

„Weißt du, dass du mich an meinen kleinen Bruder erinnerst. Der lag als Kind genauso da, wenn er krank war." Er sah mich rührselig an. „Dann schlaf mal gut, Jonah."

*

Am darauffolgenden Tag war ich wieder vollends
hergestellt. Ich hätte keine Wette darauf abge-
schlossen, aber vierundzwanzig Stunden Schlaf
und Adrians liebevolle Fürsorge hatten aus mir
wieder einen intakten Menschen gemacht. Wir
nahmen ein spätes Frühstück im Garten ein. Die
milde Morgenluft und der sonnige Tag trugen eine
angenehme Klarheit in meine noch trüben Gedanken. Die Laune bei Pepi und mir war gedämpft und
zurückhaltend, doch der Rest der Truppe dümpelte
beschwingt um den Frühstückstisch. Lieder wurden
angepfiffen, neue Kräfte mit starkem Kaffee geweckt, bunte Obstsalate und Schokocroissants
einverleibt und Pläne geschmiedet. Tarek turtelte
mit Ralf herum, dem im Übrigen keinerlei Reue für
die ungehörige Eskapade anzumerken war. Martin
und Adrian waren einfach froh, dass es allen wieder besser ging, und konnten es kaum erwarten von
ihren Tagesplänen zu erzählen. Sie hatten ein Auto
für einen Ausflug nach Ronda organisiert. Dort
planten sie, die antiken arabischen Bäder, sowie die
imposante Brücke *Puente Nuevo,* zu besichtigen,
die sich beeindruckend über eine tiefe Schlucht erstreckte. Ihre Vorfreude darauf war richtig
ansteckend und sprang direkt auf uns über. Dieser
Urlaubstag versprach ein Guter zu werden!

Die Anreise auf den schmalen Serpentinen, durch
die mit Nadelbäumen bewaldete Sierra, gestaltete
sich abenteuerlich. Die gewundenen Straßen waren
von steilen Berghängen und tiefen Schluchten be-

grenzt und boten kaum Gelegenheit, langsamer fahrende Fahrzeuge zu überholen. Über eine Stunde fuhren wir durch das unwegsame Gelände, bevor die Berge endlich flacher wurden, um schließlich in sanftes Grasland auszulaufen. Von da an war es nicht mehr weit, bis wir unser Reiseziel erreichten. Als wir aus dem Wagen ausstiegen, breitete sich eine atemberaubend wilde Landschaft vor unseren Augen aus. Und mittendrin das uralte Ronda. Die Temperaturen waren warm, aber nicht mehr so flirrend heiß wie die Tage zuvor. Wir schlenderten durch die mit Orangenbäumen gesäumten Gassen und fingen die malerische Idylle mit dem Smartphone ein. Die Bauten und *Casas* waren von einer ursprünglichen Schönheit und die Flora kämpfte sich wild durch jeden Stein. Die Stadt war auf den Felsen einer tiefen Schlucht, dem *Tajo*, errichtet. Ein schmaler Bach schlängelte sich durch den zerklüfteten Abgrund und wurde von einigen kleineren Wasserfällen aus den steil abfallenden Bruchfelsen gespeist. Ronda war eine touristisch sehr beliebte Stadt, hatte jedoch die Originalität eines typischen andalusischen Dorfes, mit all seinen Sitten und Gebräuchen, beibehalten. Wir folgten den Schilderungen die Schlucht hinunter, bis wir die restaurierten Ruinen der antiken maurischen Bäder erreichten. Staunend inspizierten wir die Baukunst und sinnierten über das Leben der alten Eroberer.

„Ich bin mir sicher das war ein reines Männervergnügen hier.", belustigte sich Tarek. „Hier wurde bestimmt nicht nur gebadet. Was meinst du, Schatz?"

„Die alten Mauren wären schön blöd gewesen, wenn sie sich nicht der Leidenschaft hingegeben hätten…", antwortete Ralf und umarmte seinen Partner schmunzelnd.

„Geht es auch mal um was anderes bei euch?!" Ich war genervt von den ewigen Anspielungen auf Lüstereien. Die Jungs blickten mich verständnislos an.

„Ist es nicht einfach nur beeindruckend, dass wir uns in einem Gebäude befinden, das womöglich schon im dreizehnten Jahrhundert errichtet wurde?", ergänzte ich daher und konnte meine Bewunderung nicht zurückhalten. Ralf und Tarek sahen mich allerdings an, als hätte ich gerade verkündet Pferdeposter zu sammeln.

„Banausen!" Ich winkte resigniert ab.

„Ich glaube Tarek hat sicherlich recht damit", gab Martin zu Bedenken. „Dieser Ort war sicherlich den Frauen vorenthalten. Bei solch geheimer Blöße sind sich vermutlich einige Männer im Verborgenen nähergekommen. Ich bin mir sicher, diese alten Mauern können einige pikante Abenteuer bezeugen."

„Schon klar, aber muss immer alles nur auf das eine Thema reduziert werden?!", seufzte ich genervt. Martins Blick ruhte auf mir, als überprüfe er, ob ich nicht dehydriert sei.

„Alles in Ordnung, Joni? Du kommst mir so gereizt vor."

„Entschuldige. Ja, klar doch, alles in Ordnung." Ich zog mich wieder zurück, bevor ich die Ursache meiner schlechten Laune weiter erörtern musste.

Nach der Besichtigung der Bäder hatte sich unsere Gruppe wieder in die üblichen Paare aufgeteilt. Ich genoss es mit Adrian allein zu sein. Gemütlich schlenderten wir durch die verwinkelten Gassen der weißen Stadt, fotografierten Häuser und Sehenswürdigkeiten und stöberten ausgiebig in den Souvenirshops.

„Oh, schau mal, spanisches Schmalzgebäck." Meine Augen strahlten vor Wonne, als ich die schnucklige Bäckerei in einer kleinen Gasse entdeckte. Adrian lächelte mich nur rührselig an und bald darauf betraten wir den kleinen Laden mit der süßen kulinarischen Auslage, die mir das Wasser im Munde zusammenlaufen ließ. Wir teilten uns eine Tüte Schmalzkringel, welche wir direkt auf der Brücke an einem Ausguck genossen. Hinter den Bergen am Horizont versank die Sonne als glühender, feuerroter Ball. Unsere Gespräche waren von einfacher Natur, aber unterhaltsam. Ich fühlte mich unheimlich wohl bei Adrian und war wieder einmal erstaunt, wie angenehm der Tag mit ihm zusammen gewesen war. Der Sonnenuntergang auf der Brücke war einer der Momente, an denen ich mich besonders zu ihm hingezogen fühlte. Gerne hätte ich seine Hand gehalten, doch ich unterdrückte den Impuls.

„Na, schaut ihr euch auch den Sonnenuntergang an?" Pepi und Martin hatten uns entdeckt. Sie waren innig ineinander eingehakt. Das wünschte ich mir ebenfalls. Adrian würde sich gewiss wunderbar in meinen Armen anfühlen. „Zeit für ein Selfie. Los rückt mal zusammen", forderte Pepi uns auf, näher zu kommen. Es entstand eines meiner Lieblingsbilder des Urlaubs. Wir sahen alle sehr glücklich aus.

Der Feuerball im Hintergrund hatte das Weideland rot gefärbt und die Berge bildeten ein eindrucksvolles Panorama. Jeder Stein und jeder Hügel war voll stolzer und wilder Schönheit. Und wir befanden uns mittendrin und hielten uns lachend und glücklich in den Armen.

„Ich denke, wir sollten dann mal los, oder habt ihr keinen Hunger?!", forderte uns Martin zum Gehen auf. Die Sonne war nun fast vollständig versunken. „Ich habe uns genau dort drüben einen Tisch reserviert." Er zeigte stolz auf ein warm beleuchtetes Lokal, dessen Terrasse direkt an die tiefe Schlucht gebaut war. „Die anderen sind informiert und kommen direkt hin."

„Sieht nach Touristenfalle aus, Martin."

Das Lokal befand sich am imposantesten Hotspot der Stadt, wo die *Puente Nuevo* das neue und das alte Ronda miteinander verband. Als wir im Restaurant ankamen, war ich jedoch positiv überrascht. Alles wirkte sehr hochwertig und schick. In allen Nischen befanden sich leuchtend grüne Palmengewächse. Maurische Ornamente und Malereien mit traditionellen Alltagsmotiven verzierten die Wände. Ein makellos gekleideter Kellner führte uns an unseren Tisch auf die Terrasse. Rundherum strahlten abertausende Lämpchen an einer Lichterkette. Aus den Lautsprechern der Musikanlage ertönten Klavierklänge und ich fühlte mich mit einem Mal unangemessen gekleidet. Ralf und Tarek warteten bereits an einer weiß gedeckten Tafel und hatten jeweils ein Glas Rotwein vor sich stehen.

„Hey Leute, setzt euch. Sieht das nicht fabelhaft aus?!", begrüßte uns Tarek freudestrahlend. „Ich hoffe allerdings, dass ihr heute nicht euren Spar-Tag habt. Die Preise sind eher gehoben", fügte er lächelnd hinzu.

„Das geht schon für einen Abend", ging Martin darauf ein. „Das sieht ja von hier aus noch schöner aus, als von der Brücke aus betrachtet", staunte er über das malerische Ambiente. Wir thronten direkt auf einem Felsvorsprung der Schlucht, zwanzig bis dreißig Metern über dem wilden Bach. Man hätte meinen können, direkt im Himmel zu dinieren, erstreckte sich auf der gegenüberliegenden Seite des *Tajo* nicht die Altstadt von Ronda. Stolz und stark erinnerten ihre sandsteinfarbenen Mauern an eine mittelalterliche Festung. Einige Fenster der Häuser waren warm beleuchtet und auch die Straßenlaternen warfen in regelmäßigen Abständen ihren Lichtkranz auf die von der Sonne noch erhitzten Gassen. Schwalben flogen am Abendhimmel, auf der Suche nach Insekten. Ein riesiges Postkarten-Idyll. Das Restaurant war für seine Rindfleischgerichte bekannt und so bestellten wir uns dicke Scheiben vom Angusrind. Der erste Bissen von dem hauchzarten Fleisch entlockte mir ein anerkennendes *hmmm* vor Wonne. Meine guten Vorsätze, in diesem Jahr weniger Fleisch zu essen, konnte ich während unserer Ferien getrost verwerfen. Es gab einfach viel zu viele kulinarische Verlockungen. Ob in Eintöpfen oder übcr dcm offenen Feuer gegrillt, die Spanier sind wahre Meister bei der Zubereitung von Fleischgerichten. Belebt von dem guten Essen und der gelösten Atmosphäre, berichteten wir uns aufgeregt gegenseitig von unseren Entdeckungen während unserer Erkundungen durch die Stadt. Es war als wären wir alte Freunde.

„Puh, ich schaffe keinen Bissen mehr." Pepi schob den Teller von sich weg.

„Ich auch nicht. Aber es war wirklich ein fantastisches Gericht!", schwärmte ich von dem hauchzart gegrillten Filet.

„Hey Pepi, was ist eigentlich los mit dir? Du hast ja nur zwei Einkauftaschen mitgebracht?"

Ralf zwinkerte smart. Alle blickten überrascht zu ihm. Hatte er tatsächlich aus eigenem Antrieb eine Konversation gestartet?!? „Ich hätte wetten können, dass du wieder mit einer riesigen Ausbeute erscheinst. Oder haben sie dir nach dem letzten Kaufrausch die Kreditkarte zerschnitten?"

Er schien glücklich. Großes Gelächter in der Runde. Pepi blieb jedoch zurückhaltend und ließ keinen Zweifel daran, dass er an einer Konversation kein Interesse hatte.

„*Señor*, bringen sie uns nochmal die Karte", rief der neue Ralf dem Kellner zu. „Und ihr sucht euch alle noch einen Nachtisch aus. Die Rechnung übernehme ich!"

Der neue Ralf gefiel mir. Die süßen Nachspeisen waren ein Gedicht. Eine anbetungswürdige Pistaziencreme mit Caramel und Minze für lau schmeckte gleich doppelt so lecker. Ich ließ keinen Löffel über. Und trotz der totalen Übersättigung im Anschluss, waren wir alle rundum zufrieden mit dem Tag. Es war alles perfekt, bis...

„Was meint ihr, Jungs? Treffen wir uns nachher wieder im Garten und lassen unseren Trieben freien Lauf?" Er umarmte Tarek und zwinkerte Pepi und mir zu. Ich wurde schlagartig blass.

„Untersteh´ dich, noch einmal von jener Nacht zu sprechen!", zischte Pepi zornig hinüber. „Es war ein verdammter Ausrutscher und wird nie mehr vorkommen. Ist das klar?!" Er machte seine Position deutlich, ehe irgendwer sonst hätte etwas dazu sagen können. Ich war fassungslos über Ralfs Angebot. Da versuchte ich mit aller Kraft die scheußliche Erinnerung an die Eskapade zu verdrängen und er schien zu glauben, wir wollten unseren schlimmsten Fehler wiederholen. Sein Vorschlag hätte absurder nicht klingen können. Adrian sah mit großen Fragezeichen in die Runde drein, doch er schien schnell zu verstehen, was in der Nacht der Nächte vorgefallen war. Martin bekam von dem Gespräch nichts mit. Er war ans Auto gegangen, um eine Weste für Pepi zu holen, dem es auf der Terrasse allmählich zu frisch geworden war. Doch nun war nicht nur die Abendluft abgekühlt.

„Hoho...", beschwichtigte Ralf Pepis erhitztes Gemüt und signalisierte ihm mit den Händen, sich zu beruhigen. „Ich hatte den Eindruck, dass wir alle auf unsere Kosten gekommen waren. Warum sollte man dem Ganzen nicht nochmal eine zweite Chance einräumen?!"

„Niemand ist hier auf seine Kosten gekommen, außer dir. Für uns war es ein riesiger Fehler", mischte ich mich nun lautstark ein.

„Nun mal langsam... Was ist mit: *Jaaaa, jaaa du bist so haaart... Ich kommmeee*!?!", imitierte er mich – zugegebenermaßen beeindruckend nah am Original. Aus den Augenwinkeln erkannte ich, wie Adrians freundliches Gesicht entgleiste. Im Angesicht seines Entsetzens versank ich sofort in tiefer Scham. Ich wendete mich von ihm ab. Sein enttäuschter Ausdruck ließ sich kaum ertragen.

„Ich war betrunken...", entschuldigte ich mich lahm, ohne genau zu wissen, welchen Adressaten ich um Vergebung bat. „Und... und... es war ein Fehler. Pepi hat es bereits gesagt: Das wird nie mehr vorkommen."

Boah, sollte ich mal vor Gericht stehen, würde ich definitiv einen guten Anwalt benötigen. Meine fahlen Ausreden kaufte ich mir selbst kaum ab. Doch ich hatte das Gefühl in diesem Prozess hatten alle Richter ihr Urteil über mich schon längst gefällt.

„Und wehe du sagst Martin etwas davon", drohte Pepi ernst und fletschte gefährlich die Zähnchen. Chihuahua-Style.

„Schon gut, ich habe verstanden. Aber eines noch: Ihr braucht nicht mir die Schuld für euer Handeln geben. Ihr habt alle freiwillig mitgemacht. Ich habe niemanden dazu gezwungen. Ihr habt's gebraucht und ich habe es euch richtig besorgt. Ihr seid auf eure Kosten gekommen, genau wie ich, und dass es euch gefallen hat, steht außer Frage. Seid in diesem Punkt bitte ehrlich zu euch. Wir müssen den Abend nicht wiederholen, aber es war geil! Und darum gibt es auch nichts zu bereuen. Es ist nur Sex – macht keine Staatsaffäre daraus."

„Hey Leute, ich habe euch ebenfalls etwas zum Anziehen mitgebracht – bevor ich in fünf Minuten womöglich noch einmal ans Auto muss." Martin war gerade zurückgekommen. Er reichte uns nacheinander die Jacken und Hoodys und gab Pepi einen Kuss. Wir wechselten sofort das Thema, doch die gute Stimmung war abgekühlt. Adrian sprach den ganzen Abend kein Wort mehr mit mir. Stattdessen war er in dunklen Gedanken versunken. Das Gewicht seiner Enttäuschung lastete erdrückend auf mir. Ich redete mir ein, dass ich als ungebundener Mann das recht auf freie Sexualität hatte, doch tatsächlich war mir klar, dass mein nächtlicher Ausrutscher unangemessen gewesen war. Zwischen Adrian und mir war im Verborgenen viel zu viel verbindliche Zuneigung entstanden, als dass meine Promiskuität ihn nicht hätte enttäuschen können. Und das war mir offen gestanden bereits bewusst gewesen, als Ralf in mich eingedrungen war. Verständlicherweise bezweifelte Adrian nun die Wahrhaftigkeit meiner Zuneigung und hielt mich jetzt für einen Typen, der richtig leicht zu haben war. Vermutlich fragte er sich, wie er sich hatte so in mir täuschen können. Das ich von mir selbst ebenfalls enttäuscht war, bekam er nicht mit.

Wir verließen das Lokal kurz vor Feierabend, als eine der letzten Gäste. Martin fuhr uns durch die schlecht beleuchteten Serpentinen der Sierra zu unserer Urbanisation zurück. Ich saß auf der Rückbank unseres Mietwagens und starrte die Hänge hinunter, in die dunklen Pinienwälder. Ich schämte mich. Was sich im Garten noch richtig geil angefühlt hatte, war bei Tage betrachtet recht traurig. *Es war nur Sex – mach keine Staatsaffäre daraus,* hatte Ralf gesagt. *Daran gäbe es nichts zu bereuen.* Doch das Gegenteil war der Fall. Es gab sehr viel zu bereuen. Meine Motive waren falsch gewesen. Ich hatte nicht aus Freude am Sex mit ihm gevögelt, sondern lediglich den vermeintlich einfachsten Weg gewählt, meiner Einsamkeit zu entfliehen. Und das Gegenteil damit erreicht. Statt die unangenehmen Gefühle auf erwachsene Weise auszuhalten und der Entwicklung zwischen Adrian und mir eine angemessene Zeit einzuräumen, hatte ich in nur einer Nacht alles gründlich vermasselt.

Der Wagen verlangsamte, um gleich darauf anzuhalten. Wir waren daheim. Ich war noch so sehr in mein Gedankenkarussell versunken, dass mir der junge Mann gar nicht auffiel, der auf den Stufen unserer Haustür saß und auf unsere Ankunft wartete.

„Yannick???" Adrian riss erstaunt die Augen auf. Dann rannte er auf den hübschen Fremden zu und fiel ihm in die Arme.

*

Das wurde ja immer besser! Ich verlor jegliche Gesichtsfarbe, als ich begriff, wen Adrian gerade mit Küssen überhäufte und überschäumend begrüßte. Yannick war seinem Freund überraschend aus Köln nachgereist und hatte damit voll gepunktet. Der hübsche Typ erinnerte mich, mit seinem kultivierten Style und dem smarten Erscheinungsbild, ein wenig an eine hippere Version von mir. Er war absolut modern gekleidet und hatte eine dieser trendigen Frisuren, die bei allen modebewussten Männern gerade sehr beliebt waren. Sein hübsches Gesicht war mit zartem Bartflaum an den Wangen bewachsen und seine hohe Statur wirkte sportlich trainiert. Er war genau jener Typ, den ich mir am Frankfurter Flughafen als Adrian ausgemalt hatte. Doch nun empfand ich bei seinem Anblick nur Ablehnung. Es war doch echt armselig, dass er seinem Freund nachgereist war. Mir erschien das ganz klar ein Misstrauensvotum. Nun konnte er persönlich kontrollieren, dass Adrian sein Treueversprechen einhielt. Ich konnte seinem Besuch nur schwerlich romantische Absichten anerkennen und hatte das Gefühl, ihn als einziger zu durchschauen. Alle anderen werteten seine spontane Ankunft jedoch als unheimlich liebevolle Geste. Zu seinen Ehren wurde eine Flasche Sekt geöffnet und er mit einem kleinen Snack willkommen geheißen. Bald darauf lauschten meine Mitbewohner schmachtend seiner Geschichte. Yannick hatte seinen Liebeskummer nicht einen Tag länger ertragen und sich kurzentschlossen ein Flugticket gekauft, um die Distanz zu seinem Schatz zu überwinden. „Von so einem tollen Mann kann man doch nicht lange getrennt bleiben."

Ooooh…. Alle hielten sich in den Armen. Mir wurde speiübel von seinen klebrig süßen Ausführungen. Noch ein weiteres frisch verliebtes Paar hatte mir gerade noch gefehlt in diesem Urlaub.

„Ich finde deine Überraschung wahnsinnig romantisch!", lobte Pepi die rührselige Idee. „Das ist echt lieb von dir gewesen!"

„Finde ich auch, Schatz!" Adrian strahlte. Er klebte wie ein schmusiger Teddy an seinem Freund. Yannicks Aktion war exakt die Bestätigung, die er heute am meisten gebraucht hatte, um die Kränkung des Abends, mit all seinen fürchterlich ernüchternden Offenbarungen, zu vergessen. Mir wurde bei all den Liebesbekundungen immer übler. Verärgert nahm ich zur Kenntnis, wie selbstgefällig Yannick die allgemeine Aufmerksamkeit genoss. Wie ein fleischgewordener Liebesengel butterte er meine Mitbewohner mit klebrig süßem Honig ein. Ein romantischer Schleier lag auf ihren Gesichtern. *Halleluja – lang lebe der Schmalzkönig.* Offenbar freuten sich alle über seine Ankunft. Adrian und er rieben ihre Nasen aneinander und umarmten sich permanent. Ich fühlte mich nicht nur wie das fünfte Rad am Wagen, sondern war kurz davor vom Universum eine Schleppe mit goldbestickter Aufschrift *MoF of the year* überreicht zu bekommen…

Bis in die späte Nacht hinein saßen wir beisammen und lobpreisten die Liebe und all ihre glücklichen Paare mit ihren perfekten Beziehungen, ehe Tarek und Ralf sich für die Nacht verabschiedeten. Es war jedem klar, was nun folgen würde.

„Ach ja, daran wirst du dich gewöhnen müssen." Adrian lächelte seinem Freund zu und deutete mit dem Finger zur Zimmerdecke. Yannick blickte nur fragend in die Runde.

„Drei, zwei, eins...", kommentierte ich trocken. Und wie auf mein Kommando folgte kurz darauf das eindeutige Wummern und Hämmern heftigst kopulierender Männer.

„Rund um die Uhr!", fügte Pepi Augen rollend hinzu. „Das ist schon krankhaft!"

„Na, das ist doch nicht die schlechteste Idee, um den Abend ausklingen zu lassen." Er rieb seine Nase an Adrians und sah ihm dabei vielsagend in die Augen. Ich bekam einen Hustenanfall.

„Wollen wir dann auch schlafen gehen?" Yannick zwinkerte ihm frivol zu. Adrians Wangen röteten sich vor Verlegenheit, aber er nickte.

„Ähm... kurze Frage.", mischte ich mich nun ein. „Ich würde dann nämlich auch ins Bett wollen. Wo planst du zu schlafen, Yannick?" So schnell wollte ich meinen Platz neben Adrian nicht räumen, zumal mich bislang auch niemand darum gebeten hatte. Natürlich wusste ich, dass mich die beiden gedanklich schon ausquartiert hatten, doch es ärgerte mich, dass sie nicht einmal den Anstand besaßen, zu fragen, ob das für mich in Ordnung ginge.

„Das ist jetzt nicht dein Ernst, oder? Dir ist schon klar, dass wir nur dieses Wochenende haben, um uns Nahe sein zu können...", empörte Yannick sich gekünstelt und endete süffisant: „Oder willst du dich etwa dazu legen?" Seinem durchtriebenen

Blick konnte man förmlich ablesen, wie er den imaginären Applaus für seinen Witz genoss. *Haha... Yannick, der Herr des schlüpfrigen Spotts.*

„Also erstens ist das mein Bett, in dem du dich gerade einquartieren möchtest, zweitens bin ich hundemüde und will endlich schlafen und drittens, wie hast du dir das vorgestellt?? Soll ich etwa hier draußen allein im Dunkeln noch ´ne halbe Stunde sitzen bleiben, bis ihr fertig seid mit vögeln?"

„Das ist doch jetzt unfassbar, dass du auf *dein* Bett bestehst.", setzte er „dein" in Anführungszeichen und führte damit meine Besitzansprüche ins Absurdum. Ich blickte nun so grantig drein wie ein überfahrener Blobfisch.

„Andere hätten schon längst von sich aus vorgeschlagen, für zwei Nächte auf der Couch zu übernachten, damit wir beisammen sein können." Er umarmte Adrian feste und tat so, als läge mein Wunsch auf ein anständiges Bett abseits jeglicher Vernunft. „Ich hätte von dir ehrlich gesagt ein wenig mehr Verständnis für unsere Situation erwartet."

„Schlaft ihr doch auf der Couch!", zickte ich einem beleidigten Teenager gleich zurück. „Du hast mit niemandem von uns abgesprochen, ob wir noch Platz für dich im Haus haben. Keiner hat dich eingeladen. Es war wohl eher naiv zu glauben, dass hier jeder bereitwillig das Bett für dich räumt. Und deine Story mit dem Liebeskummer, also *come on*?!", konfrontierte ich ihn mit den harten Fakten. Mein Ton blieb absolut ruhig, obwohl ich innerlich kurz vor der Explosion stand. „Ist doch offensichtlich, dass du Adrian nur kontrollieren möchtest!

Das Misstrauen quillt dir doch schon aus den Augen." Ich wurde nun provokativ.

„Was fällt dir ein, du eifersüchtiges Biest! Ich kann nichts dafür, dass dein Freund dich nicht überrascht hat. Und offen gestanden wundert es mich auch nicht. Du verhältst dich echt wie ´ne richtig eifersüchtige Diva mit deinem antisozialen Verhalten!"

Ich hatte den Eindruck, dass hier zwei Diven aufeinandertrafen. Adrian sah mich nun flehend an, meinen Beziehungsstatus nicht aufzuklären. Offiziell war ich ja vergeben und mein Partner kurzfristig abgesprungen. Ich schluckte meinen gesamten Ärger Adrian zuliebe runter und klärte die Situation daher nicht auf. Allerdings war ich dennoch nicht bereit mich aus dem Schlafzimmer vertreiben zu lassen. Ich hatte immerhin auch meinen Stolz.

„Ich schlafe jedenfalls nicht auf der Couch!", endete ich nachdrücklich.

„Und ich schlafe bei meinem Schatz!" Er umklammerte Adrian.

Eine halbe Stunde später lagen wir zu dritt im Bett. Ich allein auf meiner Seite und Yannick und Adrian teilten sich die andere. Ich hatte eine stinkwut im Bauch. Es ärgerte mich, dass Pärchen immer glaubten, alles müsse sich um sie drehen. Und insbesondere für Yannick verspürte ich keinerlei Wunsch, den Platz zu räumen. Ich mochte ihn überhaupt nicht und konnte nicht verstehen, was Adrian an ihm fand. Ich musste mir eingestehen unglaublich eifersüchtig zu sein. Yannick hatte verstanden, was sich für ein lieber Kerl unter der kleinen Statur und den hässlichen Sport-Trikots befand und hatte sich Adrian geschnappt. Wenn ich ihn doch nur ein paar Wochen eher kennen gelernt hätte, dann wäre er nun mein lieber Freund. Hinter mir wurde es unruhig. Ich hörte eindeutige Knutschgeräusche und das kontinuierliche Rascheln der Bettdecke.

„ICH BIN NOCH WACH!!!", brummte ich ärgerlich rüber und unterbrach die Intimität.

*

Das folgende Wochenende stand also unter keinem guten Stern. Adrian wechselte weiterhin kaum ein Wort mit mir. Gerne hätte ich mich ihm erklärt und die Situation entschärft, doch er gab mir keine Gelegenheit dazu. Je mehr er mich ignorierte, desto mehr Zuwendung erteilte er hingegen seinem Freund. Machtlos blieb mir nichts anderes übrig, als die Stunden bis zu Yannicks Abreise zu zählen. Bis dahin würde ich versuchen ihr Geschmuse so gut es ging zu ertragen und mich mit der Situation zu arrangieren. Mir schmeckte das schlechte Bild jedoch überhaupt nicht, das Adrian nun von mir hatte und es kostete mich eine enorme psychische Anstrengung, seinen negativen Blick auf mich nicht anzunehmen. Yannick hingegen wurde durch seinen Überraschungsbesuch auf einen geradezu ikonischen Status erhoben. Ihre Hoheit thronte auf meinem Platz neben Adrian und beglückte bereits am Frühstückstisch die gesamte Gruppe mit ihrer unverschämten Fröhlichkeit. Schaffte ich es anfänglich noch einigermaßen, Yannicks guter Laune Stand zu halten, ballte ich später automatisch die Hände zu Fäusten, sobald seine penetrante Stimme ertönte. Ich war voller Zorn. Es ärgerte mich, dass er so kurz nach seiner Ankunft mein Bett, meinen Adrian und sogar die Sympathien aller Mitbewohner für sich gewonnen hatte. Darüber hinaus genoss er unverschämt selbstverständlich die kostenlose Unterkunft und die Leichtigkeit des süßen Nichtstuns, ohne sich in irgendeiner Form erkenntlich zu zeigen. So beteiligte er sich weder an der Hausarbeit, noch sorgte er sich um den Ausgleich angefallener Kosten. Yannicks Superkraft war unbestritten die Kommunikation. Er verfügte über einen bunten Blumenstrauß belustigender Themen, bei denen offenbar selbst die stilleren Mitbewohner unter uns sich animiert fühlten, darauf einzugehen. Mit seinem durchaus vielschichtigen Humor schaffte er eine fröhliche Grundstimmung in der Gemeinschaft. Unsere Tischgespräche waren seit seiner Ankunft nun deutlich belebter und nicht selten von absurden Albernheiten geprägt, in die wir uns köstlich reinsteigern konnten. Von gedrückter Stimmung und Beziehungskrisen war nichts mehr zu spüren. Alles plätscherte fröhlich dahin. Doch anstatt mich leichtselig auf der Freudenwelle mittreiben zu lassen, war ich schrecklich eifersüchtig, neidgelb und missgünstig.

Den ersten gemeinsamen Tag zu siebt, verbrachten wir am Strand. Ich beschloss das Beste aus der Situation zu machen und akzeptierte Yannicks allgegenwertige Anwesenheit. Die endlose Weite des Küstenabschnitts bot mir hervorragende Möglichkeiten, mich seiner Präsenz zu entziehen. Sobald sich Yannick also wieder in seiner großen Paraderolle als Alleinunterhalter inszenierte, entfloh ich seiner Bühne auf den Strandtüchern und kühlte meine hitzigen Emotionen mit einem Sprung ins kalte Wasser. Die aufgewühlte See krachte tosend auf den feinen Sandstrand und lockte mit ihren mannshohen Wellenbrechern ein halbes Dutzend Badegäste an, die sich wagemutig und schreiend gegen die beeindruckenden Naturgewalten warfen.

Unter ihnen auch Tarek. Stundenlang maßen wir unsere Kräfte mit der Brandung, die über unsere Köpfe hinwegrollte, um uns wie Seetang an Land zu spülen. Uns blieb nicht viel Zeit die Badehosen zu richten und die weißen Pobacken wieder zu bedecken, nur um der nächsten Woge zu trotzen. Nachdem wir uns richtig ausgetobt hatten und mit schlotternden und aufgeschürften Knien zur Gruppe zurückgekehrt waren, ging es mir deutlich besser. Ich zog mir die Kopfhörer auf, lauschte angenehm müde der Musik und genoss die gelbe Sonne, die mir warm den Bauch küsste. Mein innerer Safety Guard empfahl mir allerdings tunlichst alle traurigen Songs aus meiner Playlist weiter zu klicken.

Gegen Mittag kehrten wir in eine Strandbar ein, um der Mittagshitze eine Weile zu entfliehen. Die Terrasse war durch Pinien und Segeltücher beschattet und auf das Meer ausgerichtet, dessen ultramarine Farben mit dem blauen Himmel wetteiferte. Das sogenannte *Chiringuito* war um diese Zeit restlos ausgebucht. Wir hatten lediglich Glück, dass eine größere Gruppe Mädels gerade am Bezahlen war und man uns den Tisch sogleich zusprach. Um uns herum dinierten mehrere größere und kleinere Familien und stärkten sich mit gegrillten Calamares und erfrischenden Kaltgetränken. Wir waren umgeben von einer beachtlichen Geräuschkulisse und verschwitzten Kellnern. Einige Kinder versammelten sich vor der Kühltruhe an der Bar und deuteten aufgeregt auf die bunten Bilder der Eiskarte. Ich schmunzelte, da die Klassiker meiner Kindheit bei den Kleinsten noch immer genauso beliebt waren. Ihre leuchtenden Augen erinnerten mich an längst vergangene Sommer, als ich selbst noch staunend aus jeder Farbe des dreifarbigen *Dolomiti* die Früchte herauszuschmecken glaubte. Und an die klebrigen Finger nach dem *Milchmix*, der so soft war, dass man keine Chance hatte ihn vor dem Abschmelzen zu essen. Die auflebenden Erinnerungen an unbeschwerte Kindertage machten mich mit einem Mal ganz glücklich. Überhaupt täuschte die ausgelassene Geselligkeit bei *Tapas* und *Paella* über die unterschwellig existierende Disharmonie hinweg. Das laute Gelächter an unserem Tisch zog sogar einige Blicke auf unsere Männerrunde. Als allerdings eine Dame mit einem besonders ausladenden Sonnenhut aufstand und direkt auf uns zusteuerte, war ich doch verwundert über so viel Aufmerksamkeit.

„Ralf Herrmanns… Dass ich dich hier begrüßen darf?!", sprach uns die schillernde Dame an und baute sich vor Ralf auf. Schmunzelnd zog sie ihre Sonnenbrille von der Nase.

„Valerie Armand." Er blinzelte überrascht. Seine Freude wirkte aufgesetzt, als er die goldbehangene Frau zur Begrüßung umarmte. Wir blickten verwundert drein. Ralf und die Dame, schienen sich gut zu kennen, denn er erkundigte sich alsbald nach ihrem Ehemann und den Kindern. Als Projektmanager für Landschaftsbau und Poolanlagen hatte Ralf die Schweizer Familie während der Umbaumaßnahmen ihres Ferienhauses in Marbella begleitet. Diese Zeit hatte zu einem nahezu freundschaftlichen Verhältnis geführt. Zumindest wusste

Ralf die Beziehung zu den Armands zu pflegen. Offenkundig war ihr Verhältnis nicht auf Augenhöhe. Ralf wirkte verunsichert, während Frau Armand unter ihrer noblen Ausstrahlung wuchs. Andererseits lobte sie mehrfach die gute Arbeit, die Ralf für sie geleistet hatte und brachte mit gespielter Entrüstung ihre Enttäuschung zum Ausdruck, weil er sie nicht über seinen Aufenthalt in Marbella informiert hatte.

„Komm doch heute Abend auf unsere Soiree. Kurt und die Kinder würden sich freuen, dich endlich wieder zu sehen." Sie lächelte einladend. „Einige meiner Bekannten waren an deiner Arbeit sehr interessiert. Familien mit Rang und Namen. Das wäre eine gute Gelegenheit, euch miteinander bekannt zu machen. Deine Freunde sind selbstverständlich ebenfalls herzlich eingeladen." Sie blickte in die Runde und ohne unsere Zustimmung abzuwarten, fügte sie gewichtig hinzu: „Der Dresscode ist weiß/ creme/ beige." Damit schloss sie das Gespräch ab und stakste alsbald mit wippender Hüfte davon.

„Das klingt ja großartig." Pepi war hellauf begeistert. Seinen flackernden Augen war plötzlich abzulesen, wie er gedanklich seine weiß/creme/beigefarbenen Outfits kombinierte.

„Siehst du Schatz", säuselte Adrian und umarmte Yannick, „jetzt wird auch noch eine Soiree zu deinen Ehren veranstaltet. Ganz Marbella hat sich auf dich gefreut!" Er klebte an Yannick wie aufgeladenes Styropor, den Kopf in seiner Halsbeuge versunken. Selbst sein rheinischer Dialekt, der an Karneval in Köln erinnerte, konnte nicht verhindern, dass mir bei all dem Süßholz raspeln fast die gegrillten *pimientos* wieder hochkamen. Nach dem Essen hatte ich dann auch genug von den beiden. Doch nicht nur der pappig klebrige Ton ihrer Verliebtheit strapazierte mein Nervenkostüm, auch Pepis Vorfreude auf das bevorstehende Event hatte nun manische Züge erreicht. Er kam gar nicht mehr runter von seinen wilden Spekulationen über die Gastgeberin und welche prominente Klientel uns erwarten würde. Tarek und ich stürzten uns daher in die Wellen. Lieber nahm ich eine Unterkühlung im frühlingswarmen Mittelmeer in Kauf, als noch eine weitere Minute Pepis Aufregung über mich ergehen lassen zu müssen. Selbst Martin begleitete uns ans Wasser. Er saß am Rand, wo die letzten Ausläufer der Brandung seine Beine umspülten und sie langsam in den Sand eingruben. Obwohl die Brandung eine eiskalte Meeresströmung ins seichte Gewässer mitbrachte, zogen wir die Frische dem Tumult auf den Strandtüchern noch lange vor. Erst als meine Hände weiß und die Lippen schon blau waren, ließ ich mich mit einem gewaltigen Brecher an Land spülen. Mir war eiskalt und ich zitterte, als mir jemand ein Handtuch entgegenwarf.

„Bitte schön." Ralf stand mit einem Volleyball in der Hand vor mir. „Du kannst dich ja gleich bei einer Runde Beachvolley mit mir aufwärmen. Ich hörte, du bist gut darin."

Ich hatte zunächst wenig Lust Ralfs Beach-Buddy zu sein. Dieser Mann erweckte noch immer zu viele negative Erinnerungen. Doch ein Blick zu unseren Strandtüchern, auf denen immer noch viel Aufsehens um die passende Abendgarderobe gemacht wurde, änderte meine Meinung.

„Ja klar", willigte ich ein und schlenderte mit Ralf zu dem nicht weit entfernten Feld, auf dem ein nagelneues Netz gespannt war. Als erfahrener Volleyballer heizte ich ihm schon in der Aufwärmphase mächtig ein und ließ ihn keuchend von einem Ende zum nächsten rennen. Es gefiel mir ihn schwitzen zu lassen. Ich hegte schließlich noch immer Groll gegen ihn. Es war unfair, aber eben einfach, die Schuld an meiner Misere ganz allein ihm zuzuschreiben. Den Preis für unser ungehöriges Intermezzo musste ich teuer bezahlen, denn mit Adrians emotionalem Rückzug hatte ich eine wertvolle Freundschaft und vielleicht sogar mehr verloren. Ich erinnerte mich an das erste schöne Gespräch mit ihm während der Anreise. Wir hatten über Bücher und seine Schwester gesprochen, und uns über Volleyball und unsere Sportvereine ausgetauscht. Es war das erste ernsthafte Zugehen aufeinander gewesen und es wurde sofort von einem glücklichen Kribbeln im Bauch begleitet. Viel zu kurz war unsere gemeinsame, unversehrte Zeit, ehe sie auch schon wieder geendet hatte. Oder zutreffender gesagt, durch die plumpe Verführung dessen Mannes zerschmettert wurde, der gerade vor mir schwitzend, in einer viel zu knappen Badehose, von einem Ball zum anderen sprang. Ich entlud all meinen Frust in einem knallharten Schmetterschlag und...

„Uuuff..." Ralf sackte zusammen und hielt sich mit beiden Händen den Schritt. Der Schmerz zwang ihn auf die Knie, wo er sich krümmte und die Backen aufblies.

„Kleiner...", keuchte er, als er sich mit hochrotem

Kopf und wässrigen Augen wieder erhob. „Du hast einen verdammt harten Schmetterarm."

Ich bekam Mitleid, legte schließlich seinen Arm um meine Schulter und half ihm wieder auf die Beine.

„Entschuldige, Ralf."

„Schon gut, Junge. Es geht schon wieder." Er atmete tief durch und rieb sich mit dem Handrücken die feuchten Augen trocken. „Aber wenn mir später die Glocken abfallen, bist du dran, Kleiner." Er lachte bitter. „Aua, beim Lachen tut´s noch weh." Er humpelte davon. „Komm spielen wir weiter."

„Hee, mach mir meinen Mann nicht zum Eunuchen."

Die anderen kamen nun ebenfalls zum Volleyballfeld. „Geht´s wieder, Hase?", erkundigte sich Tarek nach seinem Freund.

„Könnt ihr noch ein paar Mitspieler gebrauchen?" Martin ließ sich den Ball zu werfen.

„Klar doch."

Wir teilten uns drei gegen vier auf. Tarek, Ralf und ich gegen die anderen. Wir führten ein erbittertes Duell. Ralf und ich waren recht souverän in unserem Team, obwohl er immer noch mit Schmerzen zu kämpfen hatte. Tarek hingegen war definitiv unsere Schwachstelle. Das gegnerische Team war clever genug, seine Unsicherheiten auszunutzen und spielte permanent an.

„Ich muss mich noch warm spielen", entschuldigte er sich bei uns.

„Keine Sorge, das wird schon, Schatz."

Es wurde nichts. Den ersten Satz verloren wir, obwohl wir gegen Ende den Punkteabstand auf sieben verringert hatten. Der Seitenwechsel im zweiten Satz brachte uns mehr Erfolg. Wir lagen nicht mehr als drei Punkte im Rückstand und als Ralf schließlich eine Aufschlagsserie hatte, führten wir sogar mit einem Punkt. Überschwänglich fielen wir uns in die Arme und sprangen aufeinander, wie wild gewordene Fußballer, nach einem wichtigen Tor. Die ehrgeizigen Gesichter auf der anderen Netzseite schauten bitter drein. Der zweite Satz war hart umkämpft. Abwechselnd gewannen und verloren wir die Führung, doch der Spaß ging uns nicht aus – was man von Team *bierernst* nicht behaupten konnte.

„Sag mal?!", beschwerten sie sich und rollten die Augen, wenn wir uns nach einem gewonnenen Punkt wieder begeistert ansprangen. „Muss das eigentlich so übertrieben sein?!"

Besonders Pepi und zu meiner Überraschung auch Adrian störten sich zunehmend daran.

„Am besten bumst ihr auch gleich, sobald ihr wieder einen Punkt gemacht habt!", schimpfte Adrian bitter. Es folgte eine kurze Pause, in der man sprichwörtlich die Grillen zirpen hörte. Diese unsportliche Art und dazu plumpe Ausdrucksweise, passten so gar nicht zu ihm. Vielleicht waren deshalb alle einen Moment verdutzt. Als er schließlich mit dem Aufschlag dran war, nahm er mich ins Visier. Er war ein guter Spieler, mit einem sensiblen Ballgefühl. Seine Aufschläge trafen mich hart und präzise und selbst mit meiner Erfahrenheit konnte ich die Annahme nicht sauber austarieren. So verloren wir einige Punkte an die gegnerische Mannschaft. Die Wucht, mit der mich Adrians Aufschläge trafen, war bemerkenswert und ich spürte seine Aggressivität dahinter. Obwohl sein Team sich taktisch auf Tarek eingespielt hatte, richtete sich nahezu jeder Ball aus Adrians Hand an mich. Dabei funkelte er mich böse an. Dank seines Zorns gewannen wir den zweiten Satz, denn er hatte meine Spielkunst unterschätzt. Ralf und Tarek sprangen mich an und wir fielen gemeinsam in den Sand, wo wir uns stapelten und wälzten.

„Mir reichts. Ich habe keinen Bock mehr bei eurer Show zuzusehen", schimpfte Adrian und stapfte beleidigt zum Wasser.

„Hey, reg dich doch nicht so auf, Schatz. Ist doch nur ein Spiel", rief ihm Yannick hinterher, doch Adrian war bereits in die Wellen geköpft. Alle schauten ihm ungläubig hinterher.

„Was hat er bloß?", wunderte sich nun auch Martin.

„Ist doch klar: Er ist eifersüchtig!", posaunte Ralf hinaus. Mir wich die Farbe aus dem Gesicht. Auch Yannick wurde nun sehr aufmerksam. Die Luft war mit einem Mal elektrisierend gespannt. Ich wartete auf den Blitz, der sich gleich mit einem Knall entladen würde.

„Er hätte sich eben auch gerne mit uns im Sand gewälzt", führte Ralf seine These beschwichtigend ins Absurdum. Die Elektrizität verschwand. Ich atmete auf.

*

Der frühe Abend begann mit lauer Sommerluft. Ich saß im Garten und beobachtete die Schwalbenschar, die um den Kirchturm der Urbanisation kreiste. Mit der eintretenden Dämmerung war das Angebot an Insekten besonders ergiebig. Bald schon schlug die Turmuhr sechs blecherne Schläge, deren Hall sich vibrierend über die Dächer der Gemeinde bis hin zu den massiven Berghängen der Sierra ausbreitete.

„Leute, seid ihr bald so weit. Es ist schon sechs Uhr." Martin kam mit Hemd und einer modernen, weißen Chinohose bekleidet auf die Terrasse und drückte mir einen Wodka Lemon in die Hand. „Hier, verkürzt die Wartezeit."

Er wirkte wie aus einer Fernsehshow entsprungen. Ich war sehr angetan davon.

„Wow, du siehst ja klasse aus."

„Ja, hat Pepi mir ausgesucht. Er hat einen exquisiten Geschmack. Es kann noch ein wenig dauern, bis er fertig ist." Er schmunzelte wissend. „Prost."

„Prost. Dann können wir uns ja auf was gefasst machen. Wird bestimmt schick."

Martin zwinkerte bestätigend.

„Die Soiree ist *das* Großereignis für ihn. Er verspricht sich einige interessante Bekanntschaften davon. Er ist überzeugt, Valerie Armand bewegt sich in exklusiven Kreisen. Womöglich treffen wir sogar den König von Spanien...", lachte er.

Ich lachte mit.

„Er ist schon goldig", schwärmte Martin.

„Hee, ihr trinkt ja schon. Schatz, machst du uns bit-

te auch etwas zurecht?! Mojito wäre großartig!",
rief Yannick in die Wohnung zurück. Und kurz darauf trafen auch Adrian und Tarek auf der Terrasse im Garten ein.

„Also die Frage der Anreise ist geklärt. Ralf sagt, Herr Armand lässt uns per Privattaxi abholen. Wir können es uns also richtig gut gehen lassen heute." Tarek erhob das Glas. Wir taten ihm gleich.

Und dann endlich war die Stunde gekommen, als Pepi auf die Terrasse schritt. Stilistisch bewegte er sich irgendwo zwischen der stattlichen Erscheinung des großen Blake Carrington aus der Serie Denver-Clan und dem königlichen Bling Bling Harald Glööcklers. Sein Auftritt wurde anerkennend mit raunenden *ooohss* und *aaahhs* begleitet, als er zu uns hinüber schwebte.

„Schatz, du siehst umwerfend aus." Martin küsste ihn.

„Mit Hugo Boss und sündhaft teuren Schuhen von Yves Saint Laurent kann man eben nichts falsch machen. Es gäbe wohl keinen passenderen Anlass, um die guten Treter auszuführen."

Pepi steckte, ganz zu erwarten, in einem schneeweißen Zweireiher, mit Weste und Seidenhalstuch, die kleinen Füßchen in helle Lederschuhe gehüllt. Seine Piercings an Nase und Ohren waren durch dicke Brillant-Imitat-Klunker ausgetauscht worden und eine zartrosa Nelke zierte das raffiniert geschnittene Jackett. Sein Haar war, dank einer halben Tube Gel, akkurat auf die Seite gekämmt und trotzte eisern dem lauen Abendwind. Mit derselben Intensität hatte Pepi auch sein Gesicht mit einer dicken Glanzpomade versiegelt und sich zudem Wimpern und Augenbrauen dunkel bemalt. Ein blumiger Duft wehte von ihm herüber.

„Dann mal auf Yves Saint Laurent." Yannick proste ihm zu und ließ die Gläser klirren.

„Siehst du Schatz, unsere Shoppingtour durch Marbella hat sich schon bezahlt gemacht. Dieses Tuch habe ich erst kürzlich bei..."

„Sooo, alle Mann einsteigen. Taxi ist da." Ralf platzte plump in das Gespräch. „Hui, wer hat sich denn da so fein gemacht...", lachte er zu Pepi.

Als dieser sich zu ihm umdrehte, fielen dem armen Mexikaner fast die Augen aus dem Kopf. Und selbst drei sorgfältig aufgetragene Schichten Make-up konnten nicht verbergen, dass ihm die Gesichtsfarbe direkt in die teuren Schuhe entwich. Er japste nach Luft. Alle Worte der Entrüstung blieben ihm in der Kehle stecken. Ralfs Abendgarderobe war aber auch verheerend. Während Yannick und ich ein ähnlich schlichtes, aber schickes Outfit, wie Martin gewählt hatten und selbst Adrian mit weißer Röhrenjeans und einem weißen Basic-Shirt nicht weiter auffiel, musste ich mich ernsthaft fragen, wieso Tarek kein Geschmacklosigkeits-Veto eingelegt hatte. Ralfs Motto war Karo. Karos sprangen uns von überall her an. Sie lachten in freudlosem Beige von einem unförmigen Hemd und sie verhöhnten uns in babyzartem Hellblau von einer noch unvorteilhafter geschnittenen Bermudashorts. Obwohl in Muster, Form und Farbe ähnlich scheußlich, schienen die beiden Kleidungsstücke im Rang um ihre Abscheulichkeit wettzueifern. Abgerundet wurde das unzumutbare Zusammenspiel mit einem Paar heller Kunstleder-Sandalen.

„Ist das dein Ernst?" Pepis Stimme überschlug sich. Er war den Tränen nahe. Es war nicht zu übersehen, wie sehr er sich für Ralf schämte. Das Bild der glitzernden Eisprinzessin neben dem Kick-Mode-Model hatte etwas Absurdes an sich. Ich musste bei ihrem gemeinsamen Anblick tatsächlich laut lachen. Und je mehr Pepi Ralf seinen modischen Fauxpas vorwarf (selbstverständlich in typisch ungeschönter Pepi-Manier), desto mehr krampfte sich mein Lachmuskel zu einem nicht enden wollenden Anfall. Es war selten Schade, dass ich diesen Moment nicht auf dem Handy festgehalten hatte.

*

Wir waren gezwungen zusammen mit Ralf zu er-
scheinen, immerhin galt die Einladung ihm - plus
Begleitung. Doch keine Sekunde nachdem man uns
endlich eingelassen hatte, stiebte Pepi in entgegen-
gesetzter Richtung davon. Ihn sollte um Himmels
Willen niemand mit Ralf in Verbindung bringen. In
der Tat hatte der kleine Latino die Klientel richtig
eingeschätzt, denn der Großteil der Gäste schien
außerordentlich wohlhabend zu sein. Mit Hemd
und Leinenhose fiel man hier schon als ausgesprochen leger auf. Es war sogar Prominenz aus Funk
und Fernsehen anwesend. Im Laufe des Abends
fand ich mich beispielsweise neben Verona Poth
wieder, als ich gerade an der Kuchentafel nach etwas Süßem ausschauhielt. Wir unterhielten uns
kurz über die Kuchenvorlieben, als sie sich auch
schon wieder mit einem Lächeln von mir verab-
schiedete. Ich erkannte auch den Moderator
Markus Lanz unter den Gästen, sowie einen der
Ochsenknecht Söhne. Das ambiente war mehr als
festlich und natürlich komplett in Weiß. Lediglich
das Personal war mintfarben gekleidet. Das Büffet
war zwischen einem Zypressenhain aufgebaut und
spektakulär anzuschauen. Gleich mehrere Köche
flambierten noch vor Ort Bananen und Cremes,
hobelten Käse und Schinken und präsentierten ihre
Fingerfertigkeit mit den Messern. Mit drei/vier gezielten Schnitten bekam man beispielsweise eine
Ananas mundgerecht serviert. Ich erwartete jeden
Moment auf Einrädern jonglierende Pudel vorbei-
fahren zu sehen. Über uns leuchteten hundert weiße

Lampions und das Meer war so nah, dass man sein Rauschen hören konnte. In einem Pavillon bespielte ein Quintett die Gäste mit leichten Bossa-Rhythmen und mildem Jazz. Ich konnte auch einen Blick auf Ralfs Baukunst erhaschen, der einen Pool in Form einer Lilienblüte geschickt in den Garten integriert hatte. Es saßen einige Gäste drum herum und hielten sich an ihren Martini-Gläsern fest. Geschwommen wurde nicht.

„Jemand einen Snack?" Yannick hob einen Teller in die Runde, der mit bunten Crackern und Blütenblätter verzierten Cremes gefüllt war.

„Lieber noch ein Sektchen." Ich blickte mich auf der Suche nach einem der mintgrün gekleideten Kellnern um, die goldfarbenen Crémant in kristallenen Stielgläsern unter den Gästen verteilten. Es dauerte nicht lange, bis meine Wünsche erhört wurden.

Yannick, Adrian, Tarek und ich standen steif am Rande eines Pinienwäldchens, das den Garten vom Strand trennte und wussten nicht so recht wohin mit uns. Ralf wurde von der Hausherrin herumgeführt und wir konnten beobachten, wie er mehreren Gästen vorgestellt wurde. Es wurden Hände geschüttelt und mit anerkennenden Gesichtsausdrücken seine Arbeit wertgeschätzt. Viele der anwesenden Personen schien er bereits zu kennen. Vermutlich hatte er schon hier und da ihre Grundstücke gestaltet oder war bereits mit der Planung neuer Projekte in Verhandlung. Obwohl er wegen modischer Geschmacklosigkeit nicht noch mehr aus der elitären Gesellschaft hätte herausstechen können, war er ein gefragter

Gesprächspartner.

„Seht euch den an." Pepi und Martin gesellten sich nun zu uns und deuteten auf Ralf. „Der macht hier das Geschäft seines Lebens."

„Wusstest du davon, dass Ralf ein derart gefragter Landschaftsarchitekt ist, Tarek?", wollte Martin wissen.

„Ich wusste, dass er einige Projekte an der Côte d'Azur und in Monaco am Laufen hat. Dass er auch hier im Süden Spaniens recht gefragt ist, wusste ich nicht. Ralf erzählt nicht viel über seine Arbeit. Er redet generell nicht viel. Worte sind ihm überflüssig. Ihr habt ihn ja selbst kennengelernt." Tarek klang etwas missgelaunt, weil ihre Beziehung hauptsächlich auf ihrer körperlichen Anziehungskraft beruhte.

„Es ist fast nicht zu glauben." Pepi beobachtete den von der elitären Gesellschaft umgarnten Ralf interessiert und zündete sich fassungslos einen Grasjoint an.

„Heee, was machst du da?", flüsterte Martin und sah sich verstohlen um.

„Sorry, aber ich brauch nun was zu rauchen, um das alles ins rechte Bild zu bekommen." Er sog tief den weißen Qualm in sich auf. „Wie hat dieser Gorilla es geschafft, all diese feinen Leute um den Finger zu wickeln?", grübelte Pepi. Sein weißer Anzug und seine piekfeinen Sandalen schienen ihre Wirkung verpufft zu haben und verblassten nun regelrecht neben Ralfs kariertem Graus. Zweifel stiegen in Pepi auf, ob er den Mann falsch eingeschätzt hatte. Gierig sog er an seiner Tüte und ließ sie rot aufglühen.

„Mach das nicht so auffällig, Schatz. Ernsthaft. Wenn man uns erwischt, sind wir dran." Martin war besorgt.

„Keine Sorge, Babe. Die meisten hier haben ganz andere Sachen intus. Die Gastgeberin ist jedenfalls auf Koks. Das sehe ich genau. Was soll sie da schon wegen ein bisschen harmlosen *Ganjas* sagen?!" Er gab die Tüte an Martin weiter, der nun zögerlich daran zog und gleich darauf an mich weiter reichte. Kurz flammte die Erinnerung an die Eskapade im Garten auf. Dort war Pepis Gras der Auslöser für meine Willenlosigkeit gewesen. Aber nun war das Kind schon sprichwörtlich in den Brunnen gefallen. Was sollte ich noch kaputt machen, wenn ich mich wieder bebretzelte?! Schnell zog der weiße Nebel in meine Gedanken ein und ich wurde eins mit der untergehenden Sonne. Alles wurde warm und golden. Ich verstand nun den tieferen Sinn, weshalb ich auf der Gartenparty gelandet war und als ich ihn benennen wollte, hatte sich der Geistesblitz schon wieder in weißem Rauch aufgelöst. Ein Dauerlächeln hielt Einzug.

„Ja, rauch nur. Tut gut, nicht?!", feuerte mich Pepi an und rollte bereits eine weitere Tüte zusammen.

Zwei Joints und ein Glas Sekt später war ich breit, wie John Lennon und grinste debil vor mich hin. Die Band spielte eine schöne Musik und besonders die Melodie des Saxofons hob meine Laune in himmelhohe Sphären. Martin ging es ähnlich. Beschwingt wippten wir von einem Bein auf das andere und lachten uns breit an. Adrian und Yannick hatten nicht mitgeraucht, hielten sich steif an ihren Sektgläsern fest und schienen sich zu langweilen. Tarek war auf der Suche nach Ralf davon gestiept und Pepi, ganz beflügelt von seinem Gras, war auf Promijagt gegangen.

„Wenn ich zurückkomme, präsentiere ich euch mindestens zehn Selfies mit Markus Lanz und Co", versprach er uns hoch und heilig. Wir freuten uns darauf wie Kinder über Erdbeereis. Ein mintgrüner Mann kam vorbei und bot mir freundlich noch weiteres Blubberwasser an. Meine Gedanken waren pure Sonne und Euphorie, und als das Quintett nun noch ein Bossa-Cover von *Rihannas Diamonds* anspielte, hätte ich nicht glücklicher sein können. Sofort nahm ich Martin in die Arme und wir hotteten ausgelassen herum.

„Ihr benehmt euch peinlich", kritisierte Adrian von der Seite. „Könnt ihr euch nicht etwas zurücknehmen?"

Wann war er eigentlich so ein Muffel geworden?

„Ist doch gut, dass wir etwas Stimmung in den Laden reinbringen." Ich hopste zu ihm rüber und tanzte ihn übermütig an.

„Kannst du das bitte sein lassen", ermahnte mich nun auch Yannick und funkelte böse.

„Kannst du das bitte sein lassen", äffte ich ihn unschön nach. Martin lachte über meine infantile Parodie. „Macht euch locker. Seit wann gilt tanzen denn als unschicklich?" Ich vermutete Yannick war nur so säuerlich, weil er bisher noch keinen Platz für seine große Bühne bekommen hatte. Niemand hier interessierte sich für ihn und das war er nicht gewohnt. Die Band hatte mittlerweile *Careless Wisper* von *George Michael* angespielt und als ich die Melodie erkannte, streckte ich Adrian ganz in-

tuitiv meine Hand entgegen. „Komm, tanz doch mal mit mir."

Adrians Lippen waren zusammengekniffenen, doch seine blauen Augen blinzelten mich sehnsüchtig an. Ich nahm seine Hände, legte sie mir um die Hüfte und verschloss meine Arme hinter seinem Nacken. Seicht wippten wir hin und her. Yannick stieg derweil die Zornesröte ins Gesicht, klagte jedoch nicht. Anfangs bewegte sich Adrian noch sehr steif, doch schon bald ließ er sich in meine Arme fallen und schmiegte sich viel geschmeidiger an mich heran. Wir harmonierten synchron zum Takt der Musik. Ich schloss die Augen, legte meine Wange auf seinem Kopf ab und genoss diesen vollkommenen Moment unserer Nähe. Die goldrote Abendsonne umarmte unseren Tanz. Ansonsten löste sich alles um uns herum in güldenen Nebel auf.

„Pass doch auf!" Yannick stieß mich heftig von seinem Freund weg. Ich stolperte und wäre fast gefallen.

„Hee, spinnst du?" Ich war mit einem Mal hellwach.

„Siehst du nicht, was du angerichtet hast?!" Yannick zückte ein Taschentuch und tupfte damit Adrians feuchten Rücken trocken. Offenbar hatte ich beim Tanzen meinen Sekt verkleckert. Ich eilte sofort zu ihm, um den Schaden zu beheben.

„Tut mir leid."

„Ist doch halb so wild", beschwichtigte Adrian. Und schon wurde ich erneut von Yannick zurück geschubst.

„Du machst es nur noch schlimmer. Verschwinde!

Ich kümmere mich darum."

Ich verlor jegliche Kontrolle und schüttete Yannick meinen übrigen Sekt reflexartig ins Gesicht. Die Brühe tropfte von seinem Kinn, den Hals hinab, und rann in sein Hemd. Ich musste mir bei seinem blöden Gesichtsausdruck das Lachen verkneifen. Doch es dauerte nicht lange, da schnellte sein Handrücken hervor und traf mich links und rechts auf den Wangen. Von blinder Wut gepackt stürmte ich auf ihn zu und stieß ihn über einen Liegestuhl. Mein Puls raste. Er berappelte sich jedoch schneller als ich erwartet hatte und war gleich darauf aufgesprungen, um mich am Kragen zu packen. Wir schlugen um uns, zerrten uns gegenseitig herum und fielen zu Boden, wo die Rangelei fortgeführt wurde. Ich kassierte noch ein paar Schläge, aber konterte, indem ich ihn in den Schwitzkasten nahm und sein Gesicht in den Rasen drückte. Da rissen uns Adrian und Martin auch schon auseinander...

„Jetzt ist aber gut." Martin zerrte mich von Yannick herunter. Adrian half seinem Freund auf die Beine, der sich nun den Dreck von den weißen Sachen klopfte.

„Ihr entschuldigt euch sofort beieinander!", befahl uns Adrian streng.

„Sorry."

„Passt schon."

Wir standen uns mit verschränkten Armen gegenüber. Wann hatte es eigentlich angefangen zu schneien? Martin vergewisserte sich, ob wir uns nicht verletzt hatten.

„Du hast ein paar Kratzer unterm Auge. Aber ist nix Schlimmes. Wird bestimmt nicht blau."

Mir war es völlig egal, ob ich blau oder grün wurde. Mir war die Situation ziemlich peinlich. Viele Gäste hatten den Tumult um uns mitbekommen und beobachteten, ob wir unsere Erregung noch in einer zweiten Runde abarbeiten würden. Ich befand mich offenbar in einer schlechten Telenovela. Mein Körper begriff allmählich das Ausmaß meines Ausbruchs und begann heftig zu zittern. Ich beschloss die Aufregung der letzten Minuten abseits unserer Kampfarena zu verarbeiten. Vom Schock der Rangelei betäubt, steuerte ich in Richtung Strand. Aufgebracht passierte ich die Menschenmenge, bis ich schließlich das Pinienwäldchen erreichte, das den Garten der Armands vom Meer trennte. Das Stimmengewirr der Soiree wurde leiser und erlosch gänzlich, als ich an dem feinen Sandstrand ankam. Das Getöse der Wellen war so laut, dass es alles andere übertönte. Der stete Geräuschpegel beruhigte mich. *Ich sollte die Grasraucherei echt bleiben lassen.* Wieder mal hatte mein Drogenkonsum in einer Katastrophe geendet. Anderseits war es exakt jenem Übermut des Rauschs zu verdanken, einen wunderschön intimen Moment mit Adrian geteilt zu haben. Bei dem Gedanken an unseren Tanz breitete sich eine wohlige Wärme im Herzen aus. Ich war verliebt. Zweifellos fanden meine Empfindungen in Adrian Resonanz. Ich würde um ihn kämpfen und betete, dass sich mein Mut auszahlen würde…

*

Der Himmel wechselte seine Farbe allmählich in tiefes nachtblau und die erste Abendfrische stieg auf. Hinter mir schimmerten hunderte Lampions warm durch den dunklen Pinienwald. Ich hatte eine ganze Weile am Strand verbracht, doch nun ging es mir besser. Von meinem Rausch und der Aufregung meines Gefechts mit Yannick, war lediglich ein großes Hungergefühl übriggeblieben. Es war Zeit auf die Soiree zurückzukehren.

„Hey, es tut mir wirklich leid, Yannick", entschuldigte ich mich nun ernsthaft bei ihm, als ich meine Freunde zwischen den Gästen wiederfand. Sie ruhten gelassen auf Sitzsäcken unter dem Lampion-Firmament und überblickten das bunte Geschehen. Lediglich Ralf fehlte. Vermutlich war er noch immer dabei, seine geschäftlichen Beziehungen auszubauen. „Ich habe mich echt danebenbenommen." Ich schämte mich für mein nicht besonders erwachsenes Verhalten im Vollrausch. Yannick war noch nicht vollends bereit, Frieden mit mir zu schließen, war jedoch clever genug trotzdem darauf einzugehen.

„Ich sagte doch bereits: Ist schon okay." Er gab sich, als wäre die ganze Sache schon lange abgehakt. Beiläufig umarmte er Adrian und stellte damit seine Besitzansprüche klar. Ich gab mich geschlagen und ließ mich erschöpft neben Tarek auf den Sitzsack fallen.

„Magst du...?" Er reichte mir seinen Gin-Tonic. „Oder wirst du dann wieder handgreiflich?"

„Lass mal gut sein." Ich winkte ab und knuffte ihn

für seine Spitze in die Seite. Einige Zeit lagen wir schweigend auf den Säcken, beobachteten das Spiel des Nachtwinds mit den Lampions und lauschten der Musik. Der viele Crémant hatte die Gäste merklich gelockert. Um uns herum wurde getanzt und laut miteinander palavert. Gläser klirrten, Leute lachten, Zigarrenrauch zog durch die Luft. Von Zeit zu Zeit ließ Pepi einen Grasjoint in der Runde rumgehen, an denen sich jedoch lediglich Tarek und Martin labten. Ich hatte wahrlich genug von Dope. Immer wieder kamen freundliche Kellner bei uns vorbei und versorgten uns mit frischen Getränken und Kanapees. Unsere Sitzsäcke waren auf einer Anhöhe am Rande des Gartens platziert, von denen wir die Party wunderbar überblicken konnten. Direkt gegenüber thronte die pompöse Villa. Ihre hell erleuchteten Fenster wirkten wie Augen, die zu uns herüberstrahlten. In unserer Nähe standen mehrere Herren in weißen Smokings, deren Heiterkeit meine Aufmerksamkeit erweckte. Richtungsweisend deutete einer der Männer mit seiner Zigarre über die Köpfe der Gäste hinweg und bald schon fielen auch seine Begleiter in sein Gelächter ein. Dem Auslöser ihrer Freude auf den Grund gehend, folgte ich ihren Blicken zur Villa. Im Erdgeschoss herrschte Trubel um die Flügeltüren zur Terrasse. Mehrere dutzend Bedienstete schritten emsig hindurch, um sich gleich darauf mit schwer beladenem Tablett wieder unter die Gäste zu mischen. In den Räumlichkeiten der Villa strahlten Kandelaber an stuckverzierten Decken und kostbare Gemälde und Antiquitäten blitzten hier und da hervor. Nachtfalter stießen in

Dauerschleife an die erleuchteten Fensterscheiben. Die Villa strahlte warm zu uns hinüber.

„Chicos, ich glaube da oben wird geknattert...“ Pepi deutete in die oberen Stockwerke. „Da...Seht ihr?“

In einem der Räume waren die Silhouetten zweier Personen im eindeutigen Liebestanz zu erkennen. Obwohl das Zimmer nur dämmrig ausgeleuchtet war, erkannte man deutlich einen nach vorn gebeugten Schatten, der sich an einem Bettrahmen festhielt, während er von dem zweiten Schatten bestiegen wurde. Die Bewegungen wirkten unbeholfen, aber kräftig in ihrer Ausführung.

„Kaninchenfick!“, lachte Yannick.

„Die wissen doch genau, dass die gesamte Gartenparty zuschaut.“ Adrian war empört.

„Ich glaube nicht“, zweifelte Tarek. „Die scheinen doch ziemlich ineinander vertieft zu sein.“

„Oder sie haben es eben genau darauf ausgelegt.“

„Oh Freunde... jetzt ist es passiert“, moderierte Pepi das Schauspiel. „Es gibt Probleme.“

Der hintere Schatten hantierte mittlerweile hektisch zwischen seinen Beinen herum und gab sich alle Mühe erneut zu erhärten.

„Auf geht's. Du schaffst das“, feuerte Tarek den Akteur an und auch die Herrenrunde kommentierte die Bemühungen mit Anfeuerungsrufen.

„Oh, Mann! Ist das peinlich!“ Adrian schämte sich fremd.

„Aber sie sind voll bei der Sache. Haben immer noch nix davon mitbekommen, wie unterhaltsam sie sind“, stattete Pepi über das Geschehen Bericht.

„Es scheinen wohl schwerwiegendere Komplikationen zu sein."

Auch die zweite Silhouette vermochte dem Mann nicht zur vollen Härte zurück zu verhelfen. Bedauern auch von der Herrenrunde.

„Was machst du da, Baby?! Weiß doch jeder, dass in diesem Zustand blasen nix nützt." Pepi schlug sich auf die Stirn.

„Warte nur ab, der wird schon wieder!", glaubte Yannick an den Erfolg.

„Psst..." Martin näherte sich mir unauffällig. „Ich glaube, wir haben hier einen zwölf null acht vorliegen!" Immer wenn er mit seinen selbsterfundenen Polizeicodes anfing, wollte er mich damit auf eine kuriose Tatsache hinweisen. „Bei den Verdächtigen handelt es sich mutmaßlich um zwei Männer."

Kaum hatte Martin es ausgesprochen, ging das Licht an und Valerie Armand stand mit erhobenem Finger in der Tür. Sie war rasend vor Wut. Ihr Ehemann erschlaffte auf der Stelle und...

„Oh mein Gott. Das ist doch..." Martin verstummte und hielt sich die Hand vor die Lippen. Als sich der zweite Mann von den Knien erhob, erkannten wir Ralf. Sein Gemächt war noch immer kerzengerade in die Luft gerichtet. Alle blickten zu Tarek, dem sein Glas aus der Hand glitt. Tränen blitzten auf. Fassungslosigkeit und Enttäuschung in allen Gesichtern.

„Hey..." Ich legte ihm den Arm um die Schultern. Mit einem Mal war es totenstill.

„Das... das... Ich kann das nicht glauben", schniefte er. „Warum tut er das?"

Keiner wusste etwas darauf zu antworten. Alle sahen schweigend auf ihre Füße, während bittere

Tränen über Tareks Wangen kullerten. In der Alt-
herrenrunde gab es lautstarke Proteste, als Valerie
die Vorhänge zuzog. Die Show war vorbei. Die
Männer prosteten sich zu und amüsierten sich noch
eine ganze Weile über die skurrile Situation. Das
Lachen und Gläser klirren, die beschwingte Musik
und das schnatternde Stimmengewirr, all das wirkte
nun völlig unangemessen. Niedergeschlagen standen wir um Tarek versammelt, der sichtlich
beschämt war. Wut und Enttäuschung vermischten
sich zu einem Krampf aus Tränen und Kummer.
Ich hatte ihn noch nie so verletzlich erlebt. Martin
und ich hakten uns bei ihm unter, reichten abwechselnd Taschentücher oder nahmen ihn in die Arme.
Ihm brach das Herz vor unseren Augen.
„Da seid ihr ja. Wir müssen gehen. Sofort!" Ralf
war auf dem Hügel angekommen und keuchte, als
hätte er einen Hindernisparcour absolviert.
„Du bist krank", kläffte Pepi ihn an. „Du bist ein
sexkranker Gorilla!" Er spuckte aus.
Da erst bemerkte Ralf Tareks Tränen und nahm ihn
entschuldigend in den Arm. Tarek hätte sich gern
dagegen gewehrt, hätte ihm gern gesagt, er solle
sich zum Teufel scheren und ihn für immer in Ruhe
lassen, aber die Umarmung tat so gut, dass er sich
nicht dagegen hatte auflehnen können. Nie mehr
wollte er diese Geborgenheit missen. Er weinte
herzzerreißend.
„Ist gut, mein Schatz." Ralf hielt seinen Partner
feste in den Armen und streichelte ihm über den
Rücken. „Es tut mir leid. Wir klären das. Versprochen. Aber nun müssen wir wirklich gehen. Valerie
ist drauf und dran, uns ihr Wachpersonal auf den

Hals zu hetzen."

Wir verließen die Party wie Diebe. Im Schutze der Dunkelheit nahmen wir einen Schleichweg durch das Pinienwäldchen zum Strand, wo wir eine Weile in Richtung Osten gingen.

„Sollen wir nun nach Hause laufen?", meckerte Pepi. Doch es kam keine Antwort. Der Wind blies uns kalt von der Meeresseite an und brachte salzigen Dunst. Missmutig trottete ich Martin und Adrian hinterher, die sich jeweils bei ihren Partnern eingehakt hatten und sich nach den verstörenden Eindrücken der Nacht gegenseitig Halt boten. Selbst Tarek und Ralf lagen sich in den Armen. Ich hingegen fühlte mich in diesem Moment einsamer denn je. Kein Mann an meiner Seite, der mich hielt und mir das Gefühl vermittelte, dass trotz aller Aufregung, jemand sicher bei mir war. Ich beneidete meine Freunde um ihre Beziehungen, obwohl diese allesamt konfliktreich waren. Dunkle Wolken umhüllten meine Gedanken, während wir den Strand entlang, und später am Rande der Landstraße, nach Hause liefen. Der Asphalt der Straße war noch warm, die Nacht klar und wir schweigsam und still.

*

„Was für eine Nacht." Ich atmete schwer aus. Martin und ich hatten uns in die Gartenlaube gesetzt und konnten nicht fassen, welche Abgründe sich aufgetan hatten. Mir kam der Urlaub so sagenhaft anstrengend vor. Wo man hinsah, gab es Konflikte und Unstimmigkeiten untereinander. Es war nicht zu glauben, dass sieben erwachsene Personen so viel Unruhe zu verantworten hatten.

„Ich mache mir Sorgen um Tarek. Er war derart geknickt... Meinst du er schafft das?"

„Ich weiß nicht, Martin." Ich war selbst überfordert mit dieser Frage. Tarek hatte sich nie unterkriegen lassen, wenn eine seiner zahlreichen Beziehungen zerbrochen war. Doch diese Nacht war besonders kränkend gewesen. Nicht genug, dass Ralf ihn betrogen hatte, so hatten wir uns alle nichts ahnend sogar noch darüber lustig gemacht. Diese Demütigung war sicherlich nicht so leicht zu vergessen. Trotzdem schien er Ralf nicht gehen lassen zu können. Ihre in nicht allen Punkten perfekte Beziehung hatte sich so verbindlich und ernsthaft angefühlt, wie Tarek es noch nie zuvor erlebt hatte. Zugrundeliegend war ein aufrichtiges Vertrauen zueinander gewesen. Jetzt musste er sich fragen, ob er sich nicht bloß etwas vorgemacht hatte. Ralf war augenscheinlich Sexkrank. Um sich seiner Lust permanent entladen zu können, bot eine Partnerschaft den perfekten Rahmen. Trotzdem deckte der Austausch ihrer zahlreichen Intimitäten offenbar nicht den hohen Bedarf seiner Triebbefriedigung ab. Tarek erkannte dies nun. Es kränkte ihn, dass er für Ralf nicht der eine besondere Mensch in dessen Leben war. Stattdessen hatte er sich ihm bereitwillig als Objekt der Befriedigung zur Verfügung gestellt.

„Diese Nacht war ziemlich verletzend für Tarek. Einfach mega peinlich! Und wir haben das mit unseren Kommentaren ja auch nicht gerade besser gemacht. Ich hoffe er kommt darüber hinweg. Aber ich an seiner Stelle würde das sicherlich nicht so leicht wegstecken können."

„Ich auch nicht." Martin blickte traurig drein.

In eben diesem Moment erschrak ich darüber, dass Pepi ja ebenfalls ein kleines Geheimnis verbarg, dessen zerstörerische Kraft besser nicht enthüllt werden durfte. Doch das Damoklesschwert kreiste bereits gefährlich richtend über ihnen.

„Ich störe doch nicht, oder?!" Yannick ließ sich erschöpft auf die Sitzgarnitur plumpsen. *Nein, überhaupt nicht und es kümmert mich auch gar nicht, dass du nur rhetorisch gefragt hast.*

„Weißt du, Jonah, jetzt wo ich mal meine Faust in deinem speckigen Gesicht versenkt habe, finde ich dich gar nicht mehr so unsympathisch." Er lachte über seinen Scherz, sofern es denn einer war.

„Manchmal verbindet so eine Prügelei eben...", antwortete ich unbeeindruckt seiner Spitze.

„Nein, ernsthaft: Ich habe Adrian versprochen mich nicht mehr mit dir zu streiten."

Damit ist dein Friedensangebot gleich doppelt so viel Wert, verdrehte ich im Geiste die Augen.

„Du weißt ja, dass ich bald schon wieder nach Hause fliege und ihm war wichtig zu wissen, dass wir nicht im Streit auseinander gehen. Du kennst ihn ja. Er liebt die Harmonie." Er lächelte mich an, wie einen alten Freund. „Er hält wohl ziemlich viel von dir und hat ein gutes Wort für dich eingelegt. Ich denke wir sind uns gar nicht so unähnlich. Oder was meinst du?"

Oooh, das möchte ich doch bezweifeln, ansonsten erlöst mich bitte jemand von der Pein. Ich nickte zustimmend.

„Wirst sehen, ich bin eigentlich gar nicht so verkehrt, auch wenn wir unsere Differenzen ausgetragen haben. Ist doch erfrischend, dass man sich auch mal mit jemanden Kappeln kann, nicht wahr, Speckgesicht?!?"

Er knuffte mich in die Seite. Welch ein Spaß.

„Also dann... Frieden für Adrian!" Ich lächelte verkniffen. Selbstverständlich wetzte ich schon die Messer, die ich Yannick in den Rücken stieß, sobald der abgereist war. Langsam kultivierte ich meine Boshaftigkeit.

„Was macht ihr noch hier?" Ralf kam auf die Terrasse gestürmt. Er benahm sich verstörend unruhig „Ihr müsst eure Sachen packen. Wir müssen hier raus und das am besten gestern."

„Was ist los?", wollte Yannick wissen.

„Was glaubst du wohl welchem Kunden *das hier* alles gehört?" Ralf machte eine allumfassende Handbewegung, während er hektisch seine Sachen im Garten zusammensuchte. Wir waren alle noch viel zu perplex, um darauf ernsthaft eine Antwort zu finden. Doch langsam dämmerte mir, dass Valerie Armands langer Arm bis ins Ferienhaus reichte und uns geradewegs auf die Straße katapultiert hatte.

„Von was sprichst du bitte schön?", wollte Yannick es nun genauer wissen.

„Ich spreche davon, dass wir in spätestens einer Stunde hier verschwunden sein müssen, wenn wir nicht einen riesigen Ärger bekommen wollen."

Wir protestierten und zum ersten Mal war ich mit Yannick einer Meinung, dass es doch nicht unser Problem sei, wenn Ralf Ärger bekam, weil er seine exorbitante Libido nicht im Griff hatte. Verweigerung, Unverständnis, Vorwürfe... Doch aller Widerstand war zwecklos, denn offensichtlich hatte *Herr Armand* die Finca, hinter dem Rücken seiner Frau, heimlich an Ralf untervermietet und diese drohte nun, mit Unterstützung der *Guardia Civil*, uns aus dem Ferienhaus abführen zu lassen. Auf einmal ging alles sehr schnell. Ich hatte noch nicht einmal mehr Zeit zu kontrollieren, ob ich auch nichts vergessen hatte, da saß ich auch schon im Morgengrauen auf meinem gepackten Koffer in einem finsteren Viertel und war die erste Nacht meines Lebens obdachlos. Ein Linienbus hatte uns in das kleine Städtchen *San Pedro de Alcántara* gebracht, wo wir etwas abseits der teuren Ferienhäuser erhofften, eine kurzfristige Wohnmöglichkeit zu bekommen. Die Unterkünfte hier waren funktional und zu mehreren Einheiten in schäbige Wohnblöcke gepfercht. In der Morgendämmerung hatte der Stadtbezirk etwas Zwielichtiges an sich. Intuitiv vergewisserte ich mich ein ums andere Mal, noch im Besitz all meiner Wertsachen zu sein. Wilde Hunde stromerten durch die Straßen und durchschnüffelten achtlos weggeworfene Abfälle. Imbisse, Shops und Restaurants waren verlassen und wirkten gespenstig dunkel. Ihre Eingänge und Schaufenster waren mit Gitterjalousien verrammelt. In der Ferne grölten Männer und ich wusste nicht einzuordnen, ob sie stritten oder Spaß miteinander hatten. Wäre der Schuss einer Feuerwaffe zu hören gewesen, hätte mich dies jedenfalls nicht gewundert. Ralf schwor jedoch, dass wir nichts zu befürchten hatten. Schon öfter hatte er sich in dem Viertel in einem der mehrstöckigen Wohnkomplexe eingemietet, wenn er beruflich in der Gegend war. Die Quartiere waren günstig und wurden eher von Gastarbeitern, als von Touristen frequentiert. Die Wohnungen waren allerdings in der Regel nicht für so viele Gäste ausgelegt und so gestaltete sich die Suche zunächst schwierig. Adrian und Yannick waren unterdessen in entgegengesetzte Richtung, zum Flughafen nach Málaga, unterwegs. Dort würden Sie die letzte gemeinsame Nacht in Flughafennähe verbringen, ehe Yannick zurück nach Deutschland flog. Beide hatten genug von den Turbulenzen des Wochenendes und waren froh den chaotischen Zuständen zu entfliehen. Adrian würde anschließend wieder zu uns dazustoßen, also benötigten wir eine Wohnung für sechs Personen. Nachdem wir die halbe Nacht verzweifelt nach einer Unterkunft gesucht hatten, fanden wir schließlich, abseits der düsteren Wohnblöcke, ein kleines Apartment mit zwei winzigen Schlafkammern. Für den fünften und sechsten Gast stand eine Schlafcouch in der Wohnküche zur Verfügung. Das in die Jahre gekommene Stadthaus war mit seinen gerade mal zwei Stockwerken kleiner als die daran angrenzenden Gebäude und in eine Nische eingepfercht. Ein großer Balkon, der sich über die gesamte Front zur Straße hinaus erstreckte, gehörte zu unserer Wohnung dazu. Im Erdgeschoss befand sich ein kleiner Laden, der so verrammelt war, dass man nicht wusste, ob er überhaupt noch bewirtschaftet wurde. Eine belebte, aber immerhin mit alten Bäumen bewachsene Straße, führte direkt daran vorbei.

Ich machte mir eine Tasse Kaffee und lies mich erschöpft auf das Sofa in der Wohnküche fallen. Eine überwältigende Müdigkeit überfiel mich. Zum ersten Mal seit Tagen verflüchtigte sich alle Anspannung und eine angenehme Ruhe und Stille strömte durch meine Sinne. Yannick war weit weg. Adrian würde nicht vor dem nächsten Abend zurück sein und ich hatte seit unserer Ankunft in *San Pedro de Alcántara* keine Gefühlskonflikte mehr auszutragen. Die aufgehende Sonne strahlte ihr erstes Licht in die dunklen Kammern des Hauses und ich beobachtete die feinen Staubkörner, die friedlich in der Luft tanzten. Auf der Straße erwachte die Nachbarschaft und auch der Verkehr nahm langsam zu. Ich hörte, wie das Rollgitter der *Tienda* im Erdgeschoss aufgeschoben wurde und vernahm das helle Klingeln von Glöckchen, als die Ladentür geöffnet wurde. Leben erwachte. Ich ging auf den Balkon, der von der aufgehenden Sonne in rotgoldenes Licht getüncht war. Von der Küste her wehte eine laue Morgenfrische durch die Gassen und trug welkes Laub und Staub über den gepflasterten Weg. Ein dicker, winzig kleiner Mann war gerade dabei Zeitungsständer auf dem Bordstein vor der *Tienda* aufzustellen. Ich war auf einmal wieder hellwach. Der neue Tag füllte mich mit frischer Energie.

„Du bist ja auch schon auf." Martin rieb sich den Schlaf aus den Augen und setzte sich zu mir auf den Balkon.

„Guten Morgen, Tinchen", grüßte ich fröhlich und erntete dafür einen mürrischen Blick. „Entschuldige. Martin", verbesserte ich mich und legte ihm freundschaftlich meinen Arm auf die Schulter. „Magst du Kaffee? Ich habe gerade eine Kanne aufgesetzt. Schmeckt erstaunlich gut."

Ich hatte zuhause schon seit Jahren einen dieser großartigen Kaffeevollautomaten, der einem mit jeder Tasse das Gefühl vermittelte, gerade in einem italienischen Straßencafé auf der Piazza zu sitzen. Hier, in der Wohnung, gab es lediglich eine altertümliche Filterkaffeemaschine in einem Neunziger-Jahre-rot, wie ich sie zuletzt bei meiner Oma gesehen hatte und dieses typisch gurgelnde Geräusch von sich gab, wenn das heiße Wasser durch den Kaffeefilter lief. Die Mischung aus bitterherben Röstaromen und heimeliger Nostalgie belebte all meine Sinne. Ich schmeckte förmlich die Marmeladenbrote, die mir Oma immer zum Frühstück gemacht hatte, wenn ich die Ferien bei ihr verbracht hatte. Vor meinem geistigen Auge sah ich uns in ihrer kleinen Küche sitzen, wie wir zusammen dem alten Radio lauschten, aus dem ein Moderator die Hits von Roland Kaiser und Peter Alexander ankündigte. Ich hoffte Martin würden ähnlich schöne Erinnerungen einholen, doch als er an seiner Tasse nippte, war es schwer seiner ausdruckslosen Mimik etwas anderes als Müdigkeit abzulesen. Auch Pepi gesellte sich schließlich zu uns auf den Balkon. Er nahm auf der Bank neben Martin Platz, doch zwischen ihnen war ein deutlicher Abstand. Ihre Gesichter blickten jeweils mit demselben leeren Ausdruck auf den Straßenverkehr hinab. Das Glöckchen der *Tienda* klingelte nun regelmäßiger, denn immer mehr Leute schauten in dem alten Laden vorbei und kamen alsdann mit Sandwiches und Zeitungen bepackt wieder heraus, um ihren Weg zur Arbeit aufzunehmen. Schweigend saßen wir beieinander im Morgenrot des jungen Tages. Pepi daddelte auf seinem Smartphone herum, Martin und ich sinnierten mehr oder weniger jeder für sich. Der wenige Wortwechsel war karg. Offenbar hatte jeder von uns ein Thema mit sich selbst auszumachen. Ich beschloss kurzerhand uns ein paar Croissants und Marmelade aus dem kleinen Laden unter uns zu besorgen.

In der kleinen *Tienda* schien die Zeit stehen geblieben zu sein. Der dunkle Raum war mit hölzernen Regalen, vom Boden bis zur Decke, mit allerlei Konserven und vakuumverpackten Lebensmitteln eingedeckt. Dazwischen parkten kleine Plastikboxen mit frischem Gemüse und Obst. Es gab Haushaltswaren, von Putzmittel bis Klopapier, Töpfe, Batterien, Zeitschriften, Tabakwaren und Hygieneartikel. Alles wirkte ziemlich konzeptlos und durcheinander. Feines Eau de Toilette war direkt bei den spanischen Kräuterlikören aufgereiht und Chlorreiniger und Spülmittel stritten sich mit Plastikspielzeug und staubigen Küchengeräten um das Anrecht eines Platzes in den überfüllten Regalen. Der dicke Eigentümer rumpelte geschäftig hinter dem Tresen und pfiff eine fröhliche Melodie vor sich hin. Mit meinen wenigen Spanischkenntnissen orderte ich nahezu alle Croissants aus der kleinen Backauslage und kaufte noch Marmelade und Nougatcreme, die witziger weiße von Zentis hergestellt worden waren. *Oma ließ grüßen.* Auch Aprikosen und Bananen fanden ihren Weg in meinen Einkaufskorb. Der dicke Eigentümer fühlte sich sofort angestachelt mich in ein Gespräch zu verwickeln. Ich stotterte meine Antworten mehr mit den Händen und Füßen, anstatt mit meinem brüchigen Spanisch, doch wir verstanden uns und ich fühlte mich bei dem großväterlichen Ladenbesitzer herzlich willkommen. Die Offenheit, mit der der alte Spanier mir begegnete, war für einen jungen Mann wie mich völlig ungewohnt. Vielleicht lag es an dem unterschiedlich geprägten Gemüt der Deutschen oder dass ich daheim ausschließlich in großen Einkaufsmärkten meine Erledigungen machte, aber dort fand ich bei keinem der Mitarbeiter diese herzlich einladende Offenheit, wie sie mir hier in der kleinen *Tienda,* am Arsch der Welt, von einem gänzlich unbekannten Mann entgegengebracht wurde. *San Pedro de Alcántara, du hast mein Herz gewonnen!*

Als ich mit den Einkäufen zurückkam, war die Stimmung auf dem Balkon schon deutlich lebendiger geworden. Martin und Pepi hatten bereits den Tisch gedeckt und neuen Kaffee aufgesetzt, der geräuschvoll gluckernd durch den Filter rasselte. Die Sonne stand nun höher und wärmte die staubige

Straße vor unserem Haus mit gleißend hellem Licht. Lediglich eine alte Akazie schützte uns mit ihrem Blattwerk und warf sanften Schatten auf den Frühstückstisch.

„Zentis?", wunderte sich Martin, als er die Einkäufe erblickte. Ich lachte nur bestätigend und öffnete das Töpfchen mit der Waldbeermarmelade. Eine Duftmischung aus Frucht und Zucker stieg mir in die Nase. Beschwingt erzählte ich den Jungs von meinen Eindrücken aus dem kleinen Laden und der positiv fröhlichen Einstellung des Ladenbesitzers.

„Wenn ich nach so vielen Jahren Berufsleben, noch immer genauso gut gelaunt bei der Arbeit erscheine, dann habe ich eindeutig den richtigen Beruf gewählt", sinnierte ich mit den Jungs über den betagten Spanier.

„Guten Morgen, ihr Lieben." Tarek kam auf die Terrasse geschlürft. Er lächelte, doch seine Augen waren traurig verquollen und mit dunklen Ringen gekennzeichnet. Es schien, als hätte er die ganze Nacht geweint.

„Guten Morgen, Tarek. Setz dich zu uns und nimm dir einen Kaffee. Dort stehen Croissants." Ich führte ihn an den Tisch, wie einen Patienten, der gerade eine schwere Operation hinter sich hatte. Ich machte mir berechtigte Sorgen. Meine übertriebene Fürsorge schien mir die beste Medizin. Tarek gab sich jedoch fröhlich wie immer, wenngleich seine geröteten Augen das Gegenteil verrieten.

„Hmm, lecker!" Er biss in sein Croissant, das er mit reichlich Nougatcreme bestrichen hatte.

„Ralf schläft noch?", tastete sich Martin vorsichtig an das heikle Thema heran.

„Der sitzt noch 'ne Weile auf dem Klo", antwortete Tarek beiläufig. Pepi ließ sein Frühstück aus der Hand fallen und verzog angewidert das Gesicht.

„Kackt sich die Seele aus dem Leib. Durchfall!" Tarek stopfte sich unberührt das Endstück seines Croissants in den Mund, um gleich darauf ein neues Teilchen mit dicker Kakaocreme zu bestreichen. „Der Stress von gestern ist ihm auf den Magen geschlagen. Er hatte die ganze Nacht Krämpfe und macht sich Sorgen, dass seine berufliche Karriere nun vorbei sei. Valerie Armand ist eine einflussreiche Frau, müsst ihr wissen. Ralf meint, sie würde bestimmt dafür sorgen, dass niemand aus ihrem weitläufigen Bekanntenkreis noch einen einzigen Auftrag an ihn vergäbe. Jetzt hat er Existenzängste. Kackt und heult abwechselnd!"

„Jetzt tut er mir doch leid." Pepi entwickelte Mitgefühl für Ralf.

„Ach ja?!" Tarek schluckte bitter. „Die Karriere scheint ihm die einzige Sorge zu sein. Er hat sich bei mir beiläufig für seinen Ausrutscher entschuldigt und danach nur noch von seinem Beruf gesprochen. Ich darf mich wohl damit zufriedengeben und brauche offenbar nicht auf mehr Reue zu hoffen. Ich glaube, er weiß gar nicht, wie sehr er mich blamiert hat. Und wie weh mir das tut." Seine Augen füllten sich. „Wisst ihr, ich beneide euch zwei." Er deutete auf Martin und Pepi, die sich verwundert ansahen. „Ihr habt zwar keinen Sex, aber ihr seid wenigsten füreinander da." Jetzt glitzerten auch Pepis Augen wie die Sonnenstrahlen auf dem Ozean. „Bei Ralf und mir spüre ich überhaupt keine Bindung, außer wenn wir im Bett sind.

Ich hatte die ganze Zeit geglaubt, da wäre mehr zwischen uns, aber der Mann kann außer Sex keine Intimität. Immerhin ist er im Schlafzimmer der Wahnsinn. Aber was bringt mir das, wenn er mir ansonsten nicht nahe sein kann." Eine Träne kullerte nun über seine Wange und tropfte schwer auf den Frühstücksteller.

„Ich glaube Ralf spürt dieses Manko auch. Ich denke, deshalb hat er einen so krankhaften Sextrieb entwickelt." Martin umarmte ihn freundschaftlich von der Seite und klang dabei wie mein Psychotherapeut, was mich auf eine Idee brachte.

„Vielleicht könnt ihr ja eine Paartherapie machen. Dort könntet ihr zusammen erörtern, woher die Probleme herrühren", schlug ich vor und umarmte Tarek von der anderen Seite. Nun fing auch Pepi laut schluchzend zu weinen an.

„Dann machen wir am besten eine Gruppentherapie daraus. Ich hätte nämlich ebenfalls gerne ein paar Fragen zu uns beantwortet." Seine Glitzeraugen verschwammen. Martin signalisierte ihm mit einem kaum merklichen Kopfschütteln das Thema auf einen anderen Zeitpunkt, ohne Zuhörer, zu verschieben, doch Pepi war fest entschlossen, sein Anliegen auf der Stelle geklärt zu wissen.

„Warum findest du mich nicht attraktiv?", flehte er um eine Erklärung. Jetzt, da ihr nicht vorhandenes Sexualleben allen bekannt war, kümmerte ihn die Geheimniskrämerei darum nicht mehr. Martin schwieg jedoch und starrte Löcher in seinen Frühstücksteller. Er fühlte sich außer Stande, die Antwort in einem ordentlichen Satz zusammenfassen. Welche Befreiung, welche Revolution es gewesen wäre, mit Pepi seine Verlustängste zu teilen, ihm seine Minderwertigkeitsgefühle anzuvertrauen, doch jegliche Erklärung blieb ihm wie Sand im Halse stecken. Zu Anfang ihrer Beziehung überwog die Euphorie. Sie trug sie leichtfüßig durch ihre ersten gemeinsamen Wochen, doch auf die anwachsende Nähe hatte Martin mehr und mehr mit emotionalem Rückzug reagiert. Seine Panik, Pepi könne den wahren Martin nicht lieben, lähmte ihn. Besonders beim Sex wurde ihm der Druck zu hoch. Die Angst erstickte jegliche Leidenschaft. Martins Herz brach, als er Pepi, in seine Hände weinend, vor sich zusammensacken sah. Es lag allein in seiner Macht, ihm die erdrückende Last von den Schultern zu nehmen, doch die Worte wollten seinen Mund nicht verlassen. Eine Brandmauer der Angst drängte die Wahrheit zurück in die Tiefe. Je länger er schwieg, desto lauter schluchzte Pepi in seine Handflächen. Die Qual seines Anblicks war für Martin nicht länger zu ertragen, also erhob er sich vom Frühstückstisch und verließ die Wohnung ohne weitere Erklärung.

Wir blieben sprachlos zurück.

*

„Es ist bestimmt, weil ich bei meiner Arbeit in der Bar so freizügig bin", schluchzte Pepi ahnungslos. Grüner Rotz lief ihm unschön aus der Nase und bewegte sich bei jedem Schnauben auf und ab, doch keiner von uns traute sich ihn zu bitten, ein Taschentuch zu benutzen.

„Aber das gehört nun mal zu meinem Beruf, die Gäste zu animieren und mit ihnen zu kokettieren", erklärte er weiter. „Klar, dass er glaubt, ich hätte an anderen Männern Interesse, aber das ist doch nur vorgetäuscht." Sein ansonsten lupenreines Erscheinungsbild bot sich von Tränen und der auslaufenden Nase nun völlig desaströs dar. Ich konnte ihm kaum zuhören. Mein Blick stagnierte auf dem grünen Rinnsal aus zähem Schleim, das nun am Rand der Lippe angekommen war und drohte, klebrig auf den Teller zu tropfen.

„Ich weiß genau, dass es deswegen ist. Dabei könnte ich ihm doch alles erklären, wenn er nur zugeben würde, dass er eifersüchtig ist. Aber dafür hat er ja nicht genug *Cojones* in der Hose!"

Das Wort *Cojones* sprach Pepi mit so viel Energie aus, dass mitsamt seiner geballten Wut eine gelbe Blase aus einem der Nasenlöcher heraustrat, die gleich darauf ebenso energisch platzte.

„Jetzt reicht es mir, Pepi!" Tarek konnte den Anblick nicht länger ertragen und reichte dem kleinen Mexikaner ein Taschentuch. „Putz dir mal die Nase und dann erklär´ ich dir, um was es wirklich geht."

Pepi reagierte wie ein schwerst allergischer Chihuahua, dem man gerade seinen Kauknochen weggenommen hatte. Mit blutunterlaufenen Augen und patschnassem Gesicht starrte er Tarek erwartungsvoll an.

„Martin hat mir erzählt, warum er dich nicht ranlässt." Tarek war nun ganz und gar zum Psychologen geworden, der mit ruhiger Klangfarbe seiner Stimme die Situation sachlich erläuterte. Ich selbst war überrascht, dass Martin sich neben mir, ganz offensichtlich auch Tarek anvertraut hatte. Dem Anschein nach hatte er um Ratschläge gebeten, die seine Hemmungen reduzierten. Obwohl Tarek das Gespräch mit Martin sachlich korrekt wiedergab, hatte er den Kern der Angst nicht ganz verstanden. Ich mischte mich daher ergänzend ein und allmählich begriff Pepi, nun wieder mit makellos geputzter Nase, welchen Ursprung Martins Unlust hatte. Er hatte bis zu diesem Zeitpunkt keine Ahnung von der quälenden Vergangenheit seines Partners gehabt. Es tat ihm schrecklich leid, zu erfahren, wie sehr die kränkenden Bemerkungen über sein Gewicht, Martin zugesetzt hatten.

„Martin denkt, er würde mir nicht gerecht werden?! Dabei bin ich es, der sich jeden Tag die Frage stellt, was ein so gebildeter Mann wie Martin, von einem Kellner wie mir möchte. Ich mache mir große Sorgen um ihn. Sollen wir ihn nicht besser suchen gehen?"

Wir stimmten zu und nur wenige Augenblicke später teilten wir uns in alle Himmelsrichtungen auf, um unseren Freund zu finden.

*

Mein Suchradius erstreckte sich durch den süd-
östlichen Bezirk des Ortes. Ich rechnete jedoch
nicht damit, Martin hier zu finden. Die Stadt war
dicht besiedelt und ich wusste, dass er Menschenmassen gerne vermied, wenn er sich in einer Krise
befand. Meine Route bot dafür kaum Ziele, wie ich
feststellte. In den Gassen und Straßen tummelten
sich die Bewohner von *San Pedro* auf den überfüllten Gehwegen und nutzten das vormittägliche,
vergleichbar kühlere Klima für ihre Besorgungen
und Erledigungen. Überall hatten kleine Lädchen
ihre Auslagen auf dem Bürgersteig drapiert, an denen sich Menschentrauben bildeten oder
vorbeigehende Fußgänger abrupt stehenblieben und
die Wege zum Weiterlaufen blockierten. Ich musste
mehr als einmal Obacht geben, nicht mit dem ein
oder anderen Passanten zu kollidieren. In diesem
dichten Verkehr fiel es mir schwer, die Aufmerksamkeit auf die Suche nach meinem Freund zu
fokussieren. Von Zeit zu Zeit blickte ich in unsere
WhatsApp Gruppe. Vielleicht hatte ihn bereits jemand gefunden. Doch auch nach über einer Stunde
Suche, gab es noch immer keine Erfolgsmeldung.
San Pedro de Alcántara bot wohl mehr Möglichkeiten zum Untertauchen als angenommen. Da die
Luft in den dicht befahrenen Straßen immer dicker
wurde und sich allmählich auch die Mittagshitze in
den Gassen staute, beschloss ich, in einem der
Straßencafés, eine Cola zu trinken. Ich nahm auf
einem Plastikstuhl, direkt vor dem Café, Platz. Von
hier aus hatte ich einen guten Überblick auf das

umtriebige Geschehen. Wenn Martin hier vorbei-
kam, würde ich ihn definitiv erspähen. Allzu viele
Hoffnungen machte ich mir jedoch nicht.

Die Menschen hier wirkten auf mich raubeinig und
abgeschafft. Einfache Leute, die hart arbeiteten und
im Umgang miteinander laut agierten. Dennoch
schimmerte ein gewisses Interesse an ihren Mit-
menschen durch. Überall trafen die Bewohner
zusammen und unterhielten sich bei einer Zigarette. In unmittelbarer Nähe zu meinem Pausenplatz
waren sich zufällig zwei alte Damen über den Weg
gelaufen, blieben unvermittelt stehen und grüßten
sich energisch. Ihre Körper tanzten und bewegten
sich ausladend, während sie schnatterten wie auf-
gescheuchte Schneegänse. Obwohl sie sich auf
Gehstöcken, oder wahlweise dem Einkaufstrolley,
stützten, war von ihrer Gebrechlichkeit im Gespräch nichts mehr zu erkennen. Ihre verrauchten
Stimmen echoten über die Gassen. Ihr heißeres Lachen hallte über den Gehweg, nur um bald darauf
eine Salve über ihre Ehemänner in die Mittagshitze
loszuschmettern. Obwohl ihr Dialog für Außenste-
hende nach Verärgerung klang, war das in ihren
faltendurchzogenen Gesichtern nicht abzulesen. Sie
schienen eher belebt durch den Eifer ihrer Konversation. Ich beschloss die beiden Schnatter-Damen
zu ignorieren, nippte an meiner Cola und überlegte,
wie ich die Suche nach Martin sinnhafter gestalten
konnte. Über Google Maps verschaffte ich mir einen Überblick über unser neues Feriendomizil. Die
Stadt war runtergekommen und dicht bebaut, doch
weiter unten im Süden waren Naturschutzgebiete
und dicke Villen, mit pompösen Vorgärten, ange-

siedelt. Es gab einen feinen Sandstrand, an dessen Promenade sich Fischrestaurants niedergelassen hatten. Ich überlegte, ob es Martin in den luxuriös aufgeräumten Süden der Stadt hin verschlagen haben könnte, doch ich vermutete eher, dass er in einem nahegelegenen Park die Kühle der Bäume aufsuchte. Da ich auf der Karte keinen infrage kommenden Platz in unmittelbarer Nähe ausmachen konnte, beschloss ich eine Kleinigkeit zu Essen und mir mit einem Kaltgetränk eine Abkühlung zu verschaffen. Kurz darauf brachte mir einer der jungen Kellner ein belegtes Sandwich und Kartoffelchips. Besonders nahrhaft erschien mir diese Mahlzeit nicht, doch ich genoss die ersten Bissen mit einem anerkennenden Brummen. *Vielleicht wäre es nett, mit den Jungs fürs Abendessen hierher zurückzukommen*, kam mir die Idee. Die belebte Straße hatte etwas Großstädtisches, aber in jedem Falle Originelles an sich. Plötzlich musste ich an Ralf denken. Ob er noch immer weinend auf dem Pott saß und sich um seine Zukunft sorgte? Ich hatte bislang den Eindruck, dass ihn nichts erschüttern konnte, doch Tarek hatte heute Morgen ein anderes Bild beschrieben. Offenbar trugen Zweifel und Ängste, selbst hinter seiner ruhigen Fassade, ihre Gefechte aus. Dieser neue Einblick machte ihn mir nahbar. Ich spürte Mitleid. Seine Sexsucht kostete ihn sowohl die Beziehung, als dass sie auch seine berufliche Existenz bedrohte. Obwohl ich absolut missbilligte, was er meinem Freund angetan hatte, erkannte ich, dass Ralf in gewisser Weise ein Opfer seiner selbst war. Die permanente Befriedigung seiner Triebe war der Ausdruck seiner Hilflosigkeit, wahre Intimität zuzulassen. Im Laufe seines Lebens hatte er wohl gelernt, sich vor tiefgehenden Emotionen zu schützen und nun, da er einen Partner hatte, bei dem dieser Mechanismus nicht mehr notwendig war, vermochte Ralf es nicht, sich darauf einzulassen. Obwohl ich annahm, dass er durchaus spürte, wie kontraproduktiv seine erlernten Mittel in die Beziehung einwirkten, kompensierte er diesen Konflikt mit noch höher gesteigerter Sexualität und war in einen sprichwörtlichen Teufelskreis geraten. Mir wurde bei meinen Analysen mit einem Augenblick bewusst, dass Ralf in der Tat liebevolle Gefühle für Tarek empfand, mit denen er jedoch nicht anders umzugehen wusste, als sie in unstillbarer Lust auszudrücken. Diese Erkenntnis würde ich meinem besten Freund mitgeben. Womöglich mussten sie sich professionelle Hilfe suchen, um die verfestigten Strukturen zu durchbrechen. Ralfs starre Schutzmechanismen schienen fest wie Gusseisen zu sein.

„Bist du allein?"

Ich sah auf und Martin stand vor mir. Erleichtert umarmte ich meinen Freund, der sich gleich darauf zu mir an den Tisch setzte und sich ein Ginger Ale bestellte. Er wirkte traurig und müde. Dieser Urlaub bot bislang für niemanden von uns Erholung, schien es mir. Ich bot ihm die Hälfte meines Sandwiches an und erzählte ihm, dass wir alle nach ihm suchten.

„Sieht man, wie du suchst", bemerkte er sarkastisch. Ich wusste nicht, ob er nur einen unglaublich freudlos formulierten Witz machte oder ob er mir tatsächlich meine Pause vorwarf. Seine Stimmung war jedenfalls unterirdisch.

„Weißt du, ich hatte nicht wirklich damit gerechnet, dich in diesem Viertel zu finden", rechtfertigte ich mich schuldbewusst.

„Mach dir nichts draus. Ich wollte sowieso lieber allein sein. Ich denke, das war's dann mit meiner Beziehung…", schluchzte er. Dann umarmte er mich überraschend und fing lauthals zu weinen an. Mehrere Passanten warfen uns neugierige Blicke zu und auch die wenigen Gäste an den Nachbartischen schienen von der plötzlichen Wendung im ersten Akt überrascht. Ich selbst war ebenfalls absolut perplex von Martins heftiger Reaktion, umarmte ihn geistesgegenwertig und streichelte ihm tröstend den Rücken. „Hör mal, Martin. Deine Beziehung ist noch lange nicht vorbei." Ich gewann allmählich die Fassung zurück. „Pepi liebt dich von ganzem Herzen und möchte mit dir zusammen sein. Er möchte nur verstehen, was mit dir los ist. Du musst ihm das erklären."

Martin sah mich mit geröteten Augen an. Durch die Tränen leuchtete das Blau darin noch heller als gewöhnlich. Ich spürte, dass er etwas von mir hören wollte, was ihm Mut machte.

„Pepi weiß nun, was dich verunsichert. Er versteht dich, aber du musst es ihm persönlich verständlich machen, was sich in dir abspielt. Das kann niemand für dich übernehmen. Pepi wird dich dafür bestimmt nicht verurteilen, da bin ich mir ganz sicher. Er hat selbst auch Ängste, dir nicht gerecht zu werden. Redet miteinander."

Da sprach er, der große Beziehungsratgeber. Ich fühlte mich stark wie Doktor Sommer. Zertifiziert und Teresa Orlowski geprüft. Schon seit abertausend Jahren Single. Ob mich meine persönliche Erfolgsquote als Berater unglaubwürdig machte? Doch Martin klammerte sich an den Hoffnungsschimmer, den ich ihm aufzeigte. „Ich bin mir einhundertprozentig sicher, dass du und Pepi das hinbekommt. Ihr müsst offen miteinander klären, was euch bedrückt. Du kannst das, Martin. Du hast doch schon viel härtere Krisen gemeistert."

Martins Tränen trockneten allmählich. Meine Worte fanden Anklang. Abermals fiel er mir um den Hals und ich befürchtete, eine erneute Trauerwelle abfangen zu müssen, doch Martin flüsterte mir nur ein leises *Danke schön, Jonah* ins Ohr. Eine Frau am Nachbartisch reichte uns ein Taschentuch.

„Wir sollten den anderen nun Bescheid geben, dass es dir gut geht. Die Jungs sind immer noch auf der Suche nach dir. Zeit, Entwarnung zu geben."

Ich öffnete unseren Gruppenchat. Da erblickte ich sie. Die Nachricht, die ich am allerwenigsten hätte lesen mögen.

*

Ihr Lieben, wartet heute nicht auf mich. Ich habe beschlossen, heute Abend mit Yannick zurück nach Köln zu fliegen. Es tut mir leid, dass ich mich nicht mehr persönlich bei euch verabschieden konnte. Ich hoffe, ihr versteht das. Liebe Grüße und allen noch einen schönen Urlaub. Adrian.

Für einen Augenblick setzte mein Herzschlag aus. Das durfte bitte nicht wahr sein. Adrian verlies uns und würde mit Yannick nach Köln zurückreisen. Ein dicker Knoten entstand in meinem Hals. Ich holte Luft und konnte gleichzeitig kaum einen Atemzug nehmen, so schnürte die Nachricht mir die Atemwege ein. All meine Entschuldigungen, meine Reueschwüre und Beschwichtigungen würden ihn niemals mehr erreichen. Womöglich würden wir uns nie mehr wiedersehen. Adrian verließ mich mit Groll, und für Yannick und Köln. Ich wurde blass bei dem Gedanken daran.

„Was hast du? Ist etwas passiert?" Es war nun Martin, der besorgt war.

„Ich… ich muss nach Málaga!"

„Wie bitte?"

„Martin, melde dich bei den anderen. Sag, dass es dir gut geht und geh nach Hause. Ich habe etwas zu erledigen. Wartet nicht auf mich…" Ich stieg kopflos vom Tisch auf, wobei mein Stuhl, begleitet von einem lauten Knall, nach hinten umkippte. In meinem Kopf wurde alles rot. Meine Gedanken drehten sich nur noch um eine Sache: *Ich muss nach Málaga und Adrian sehen.* An mehr dachte ich nicht.

„Jonah ist abgehauen", platzte Martin zur Tür herein und mit der Nachricht hinaus. Er fand die anderen drei Bewohner auf dem Balkon sitzend und überfiel sie mit den Ereignissen der letzten viertel Stunde.

„Er ist was???" Tarek kam mit großen Augen auf ihn zu.

„Ich habe ihn zufällig in einem Café getroffen, wo er was gegessen hatte. Wir haben uns zunächst ganz normal über unsere Situation unterhalten." Er sah reumütig zu Pepi hinüber. „Pepi, ich bin wirklich bereit, alles mit dir zu klären. Ich glaube, wir können das gemeinsam schaffen, wenn du mir nochmal verzeihen kannst."

„Aber natürlich kann ich das. Ich bin doch einfach nur froh, dass du wieder da bist."

Pepi sprang auf und umarmte seinen Freund innig.

„Schon gut, schon gut", unterbrach Tarek alle Rührseligkeiten. „Was ist mit Jonah? Ist etwas passiert?"

„Das ist es ja, ich weiß nicht was ihn geritten hat. Im einen Moment sitzen wir noch ganz normal zusammen und essen Sandwiches, und schon im nächsten Moment springt er auf, schnappt sich ein Moped und braust davon."

„Welches Moped? Von was redest du, Tinchen? Hol uns mal ab, ich kann dir überhaupt nicht folgen."

„Naja, das Moped..., das er gerade gestohlen hat!?!"

*

Langsam dämmerte mir, was ich aus meiner Panik heraus, Adrian zu verlieren, angerichtet hatte. Der lange Weg nach Málaga bot mir reichlich Zeit, über meine Tat nachzudenken. Ich reihte mich auf der rechten Spur ein, sodass die anderen Autos mich überholen konnten. Mit dem Moped kam ich nur mäßig schnell voran. Erinnerungsfetzen zogen sich in Zeitlupe durch mein Bewusstsein. Das parkende Moped, mit dem in der Zündung steckendem Schlüssel. Ein Teenager, der es unbeaufsichtigt abgestellt hatte, um kurz im Tabakladen Zigaretten zu kaufen. Sein verstörender Blick, als ich die Zündung startete. Und die gefolgte Rangelei, bei der ich mir mit einem Tritt ans Knie des Jungen ausreichend Zeit verschaffte, um mit dem Moped davonzubrausen. Martin, der die Hände über dem Kopf zusammenschlug und mir fassungslos hinterherschrie. Bei meinem letzten Blick in den Seitenspiegel sah ich, wie er dem fluchenden Teenager aufhalf, dann war ich außer Sichtweite und auf direktem Wege in Richtung Málaga. Mein Verhalten kam mir mit einem Schlag furchtbar dumm vor. Mir dämmerte, dass ich überhaupt keine Ahnung hatte, wo ich Adrian finden sollte. Ich wusste lediglich, dass Yannick am frühen Abend zurückflog. Trotz meines langsamen Vorwärtskommens würde ich noch rechtzeitig vor Ort eintreffen. Dennoch zog sich die Fahrt und ich verlor wertvolle Zeit, die ich zum Recherchieren benötigte. Dann endlich erreichte ich die ersten Urbanisationen um Málaga Stadt. Ich parkte das gestohlene Vehikel an einem eingezäunten Bolzplatz, auf dem einige Jugendliche ein Fußballduell austrugen. Dort nahm ich auf einer Bank Platz und startete erste Recherchen mit dem Smartphone. Zuallererst wollte ich versuchen Adrians Unterkunft ausfindig zu machen. Yannick hatte erwähnt, dass er nicht allzu weit vom Flughafen entfernt ein Hotelzimmer gefunden hatte. Auf den gängigen Social Media Seiten entdeckte ich nacheinander die Profile von ihm - bei Adrian wusste ich ja bereits, dass er keine Accounts hatte - und suchte nach einem aktuellen Post, der einen Hinweis auf ihren Aufenthaltsort gab. Tatsächlich hatte er ein Bild aus einem Café veröffentlicht, das die beiden beim Frühstück zeigte. Obwohl der Post schon einige Stunden her war, beschloss ich die Umgebung abzufahren. Vielleicht hatte ich Glück und entdeckte sie in der Nähe der Location. Nur zwanzig Minuten, nachdem ich den Namen bei Maps eingegeben hatte, war ich auch schon vor Ort angekommen. Das Café hatte schon wieder geschlossen. Auch der Rest des Viertels war mäßig belebt. Ich lief die Straße hinauf und wieder hinunter, bog hier und da in ein paar Seitenstraßen ein und sondierte den Bezirk nach Hotels. Keine Spur von Adrian. Ein Streifenwagen der *Guardia Civil* drehte in der Ferne seine Runde und steuerte nun schnurgerade auf mich zu. Ich suchte Schutz hinter dem Stamm einer alten Platane, bevor die Sherifs auf mich aufmerksam wurden. Ihr Fahrzeug fuhr vorüber, ohne Notiz von mir zu nehmen. Nachdem ich eine Zeit lang erfolglos die Straßen abgesucht hatte, änderte ich meine Strategie. Eine kurze Recherche im Internet verriet mir die Abflugzeit der einzigen Linie von Málaga nach Köln. An der Gepäckaufnahme hoffte ich, Adrian leichter ausfindig zu machen. Es war nicht schwer auszuloten, an welchem Schalter er einchecken würde, also sondierte mein hungriger Blick Stunde um Stunde die Menschenmassen. Anfänglich war der Andrang bei der Gepäckaufnahme riesig, doch bei keinem Gesicht schlug mein Hirn Adrian-Alarm. Auch als die Reihen sich allmählich leerten zeigte er sich nicht. Ein ungutes Gefühl fuhr mir durch die Glieder. Ich kontrollierte die Abflugzeit. Hatte ich mich vertan? Ich kontrollierte die letzten Passagiere, ehe der Schalter schloss: Kein süßer Muskelprotz unter ihnen. Ich kontrollierte die Abflugzeit. Alles sprach dafür, dass ich richtig stand, doch das ersehnte Treffen blieb aus. Als schließlich der letzte Aufruf der Passagiere für den Flug nach Köln durch die Lautsprecher hallte und die Dame ihren Schalter schloss, war ich verwirrt. Adrian war nicht erschienen. Hatte er sich umentschieden und war doch nicht geflogen? Ich hätte mich liebend gerne an den dünnen Hoffnungsschimmer geklammert, doch spürte berechtigte Zweifel daran. Auch Yannick war nicht an der Gepäckaufnahme erschienen, wobei dieser ohnehin lediglich mit Handgepäck gereist war, erklärte ich mir seine Abwesenheit. Auf der Abflugtafel registrierte ich das Wort *Boarding* für die Maschine nach Köln. Gleich mehrere Flüge waren kurz vor dem Start. Neben der Flugnummer nach Düsseldorf leuchteten in roter Schrift sogar die Worte *Boarding Completed* auf. Ich erstarrte augenblicklich. Anstelle von Blut floss nun nackte Angst durch meine Adern. Eine alarmierende Befürchtung zog im Geiste auf, heftig wie Sommergewitter. Nun wurde mir richtig schlecht. Ich tastete nach einer Sitzgelegenheit und nahm gerade noch rechtzeitig Platz, ehe mir die Knie versagten. Je länger ich darüber nachdachte, desto sicherer war ich mir, dass Yannick und Adrian nach Düsseldorf abgereist waren. Der Flughafen Düsseldorf war für die beiden ebenso gut gelegen wie Köln. Welch verdammter Fehler von mir, dass ich daran nicht gedacht hatte. Der ganze Aufwand war sprichwörtlich für die Katz´ gewesen? Ich hatte sogar einen Teenager seines Eigentums beraubt, um am Ende festzustellen, dass Adrian mich für immer verlassen hatte. Ein gewaltiger Tsunami aus Trauer und Wut drückte mich nieder. Tränen der Verzweiflung stiegen mir auf. Und als mich eine Hand feste an der Schulter packte, wähnte ich mich schon verhaftet, als plötzlich Adrians sanfte Stimme mit dem rheinischen Akzent erklang.

„Du bist doch einfach ein verrücktes Huhn!"

*

„Adrian!"

Eine Träne der Erleichterung kullerte mir über die Wange. Ich sprang auf und fiel ihm in die Arme. Eine ganze Weile hielten wir uns schweigend gegenseitig fest. Ich sog den herrlichen Duft seiner Nähe auf. Seine Anwesenheit tat mir unendlich gut. Trotz aller Selbstbeherrschung konnte ich meine Emotionen nicht zurückhalten und schluchzte ihm über die Schulter hinweg. Adrian lachte und streichelte mir liebevoll über den Rücken, ehe er mich beiseiteschob und mich mit seinen fröhlich leuchtend blauen Augen ansah.

„Als ich wusste, dass du hier bist, konnte ich nicht mehr mit Yannick zurückkreisen", erklärte er. „Ich habe nur noch darüber nachdenken können, warum du hierhergekommen bist."

Wie sich herausstellte, hatte Adrian mich in der Abflughalle gesehen. Wie bereits von mir befürchtet, hatten die beiden den Flug nach Düsseldorf gewählt und daher am anderen Ende der Halle eingecheckt. Zunächst hielt sich Adrian in der Menschenmenge verborgen, um mir nicht zu begegnen. Er war noch nicht im reinen mit mir. Mein Absturz mit Ralf hatte ihn schwer getroffen. Doch je weiter er die Sicherheitskontrollen passiert hatte, desto mehr schmerzte es ihn, zu gehen.

„Als ich begriff, dass ich dich tatsächlich verlassen würde, sind mir plötzlich die Tränen aufgestiegen."

Er blickte mich rührselig an. Exakt in jenem Moment hatte er die für sich richtige Entscheidung getroffen. *Ich bleibe hier*, hatte er Yannick noch während ihres Boardings zu verstehen gegeben. Zunächst war er tränenschwer. Yannicks fassungsloser Blick steckte wie ein giftiger Stachel in seinem Herz. Doch sein Entschluss stand fest. Die Beine waren taub gewesen, sein Kopf wie in einer Wolke, als er sich den Weg entgegen der Menschentraube und entgegen aller Gesetze und Sicherheitskontrollen, zurück zu mir gebahnt hatte. Seine Schritte waren zunächst zögerlich, doch irgendwann rannte er die mit Absprerrbändern markierten Wege entlang bis in die Abflughalle. Er hatte gezittert, als er mich noch immer wartend erblickte. Dann schwappte eine Welle der totalen Euphorie tosend durch seinen Kopf und flutete alle Synapsen. Ich hatte beide Hände nach seinem liebevollen Herzen ausgestreckt und er war zu mir zurückgekommen und schenkte es mir bereitwillig.

„Wie geht es weiter? Sind die anderen auch hier in Málaga?", wollte Adrian wissen. Ich verneinte mit einer kopfschüttelnden Geste.

„Hast du vielleicht Lust mit mir auf einem geklauten Moped in den Sonnenuntergang zu fahren?"

Adrian lachte und wusste genau, dass ich nicht scherzte.

*

Nur wenige Zeit später, befanden wir uns auf der Küstenstraße in Richtung *San Pedro de Alcántara*. Adrian hatte seine Arme liebevoll um mich geschlungen und seinen Kopf verträumt auf meinem Rücken abgelegt, während ich uns sicher auf dem knatternden Vehikel nach Hause fuhr. Seine warme Nähe, angeschmiegt an meinem Rücken, bedeutete mir alles. Wir passierten kleine Orte und größere Städte entlang der Küstenstraße. Adrian hielt sich an mir fest wie ein Koalabärbaby an seiner Mutter. Die Sonne stand tief und färbte den Himmel in zarte Rosatöne. Entlang den Stränden genossen nur noch wenige Urlauber die letzten Momente dieser besonderen Abendröte. Der Verkehr auf den Straßen nahm allmählich zu und einige Autos hupten uns an, da wir viel zu langsam unterwegs waren. Unser kleines Moped stöhnte und keuchte unter unserer Last. An einer kleinen Ortschaft bog ich schließlich ab, schlug den Weg in Richtung Meer ein und hielt an einer Anhöhe. Unter uns lag eine von schroffen Felsen eingerahmte Bucht, die über eine Holztreppe erreichbar war. Im Gegensatz zu den weitläufigen Sandstränden der Küste war dieser Abschnitt steinig und beherbergte nur wenige Badegäste. Ein kleines Fischrestaurant bildete den Mittelpunkt der Bucht. Auf seiner Terrasse genossen einige Gäste ihr Abendessen. Eine Bootsanlegestelle aus hölzernen Planken führte von dort aus ins Meer. An ihren Flanken waren mehrere Boote vertäut und schlummerten im Atem der Meereswogen.

„Lass uns eine Pause machen, bis der Feierabend-
verkehr nachgelassen hat", schlug ich vor. Ich hatte
Angst, dass einer der ungeduldigen Autofahrer wegen uns die Polizei rief. Es wäre mir sehr lieb
gewesen in diesem Urlaub nicht auch noch wegen
Diebstahls verhaftet zu werden. Das fehlte uns gerade noch in der Chronik. Sobald wir in *San Pedro*
einträfen, würde ich versuchen, die Angelegenheit
mit dem Mopedbesitzer finanziell zu lösen. Nichts
war für einen Teenager reizvoller als eine hübsche
Summe Bares, wusste ich noch aus meiner eigenen
Jugend. Etwas erleichterter zumute marschierten
wir entlang eines Trampelpfads über steinige Klippen, gesäumt von blühendem Ginster- und wilden
Pistazienbüschen. Der fortschreitende Sonnenuntergang ließ die Umgebung in intensiven Farben
leuchten. Der Pfad war mit steinigen Hindernissen
gesäumt und stellenweise trennte uns nichts als
Luft vom Abgrund, doch die Aussicht auf die weite
See war phänomenal. Zahlreiche Möwen kreisten
ihre letzte Runde darüber, bevor ihnen die Nacht
die Sicht auf Fische nahm. Das Felsplateau ragte
steil über dem Meer auf, unterhöhlt von Grotten
und tiefen Einkerbungen, die die salzigen Gezeiten
über Jahrmillionen Jahre hineingefressen hatten.
An einigen Abschnitten blies der Wind schäumende
Gicht die schroffen Steilhänge hinauf und bildete
einen funkelnden Nebel, der vor dem magentafar-
benen Himmel magisch durch die Luft schwebte.
Allmählich versank der glühende Feuerball am Horizont und das Magentarot wich einem blassen lila.
Hier und da sah man nun in der Ferne kleine Städtchen aufleuchten. Die Nacht brach herein.

„Wollen wir uns setzen?", schlug Adrian vor. Auf einem Vorsprung, hoch über dem tosenden Meer, zog er sein Shirt über den Kopf, drapierte es auf dem Boden und signalisierte mir, darauf Platz zu nehmen. Der helle Mond warf blasses Licht auf seinen muskulösen Körper. Ich zog auch meinerseits mein Hemd aus, doch zum Sitzen war mir nicht zumute. Adrian kam einen Schritt auf mich zu und dann küsste er mich so zart und liebevoll, wie ich es nur selten erlebt hatte. Sein warmer Körper schmiegte sich angenehm an meinen, während wir uns hielten. Der kräftige Druck seiner Beule in der Hose auf meinen Schenkeln, erregte mich kolossal. Ein ungezügelter Rauschzustand überfiel mich und raubte mir die Sinne. Adrians kompakter Körper wirkte im Liebestanz mächtig und groß, und bedeckte mich mit einer unsagbaren Hitze. Er konsumierte meinen gesamten Leib mit einer außerordentlich leidenschaftlichen Gier und ich erwiderte sein Verlangen nicht minder energisch. Sehnsüchtig trafen zwei willige Leiber aufeinander und begannen sich liebevoll und leidenschaftlich zu erforschen. Ich erfuhr erstmals den Geschmack seiner Haut, den Geruch seines sagenhaft anziehenden Körpers und entdeckte Adrians Schönheit in jedem Winkel seiner Statur. Sein perfekter Schwanz fühlte sich warm in meiner Hand an und gab sich meiner Mundhöhle hingebungsvoll hin. Zuckend und prachtvoll angeschwollen, schenkte er mir Tropfen seiner leidenschaftlichen Erregung. Und diese schmeckten wahnsinnig männlich und erweckten in mir das Verlangen nach mehr Adrian. Wir drückten uns impulsiv aneinander, bis kein

Millimeter Platz mehr zwischen uns frei war und übersäten einander mit gierigen Liebkosungen, bis zum letzten Aufbäumen unserer zuckenden Glieder. Der Orgasmus als Höhepunkt war nur die logische Konsequenz unserer ekstatischen Vereinigung. Wir bereiteten uns gegenseitig ein nasses Geschenk, das wir stolz auf unserer Haut trugen. Zufrieden und verschwitzt lagen wir noch lange nebeneinander und blickten Hand in Hand in den Sternenhimmel, während der Liebessaft auf unseren Körpern allmählich eintrocknete

„Was bin ich froh, dass du zu mir zurückgekommen bist", schwelgte ich im Glück. Ich hatte fast das Bedürfnis eine Zigarette rauchen zu müssen, derart befriedigt war ich nach unserem leidenschaftlichen Sturm. Adrian lächelte mich mit glänzenden Augen an. Der Rausch des Orgasmus funkelte in ihnen nach.

„Ich möchte mich noch für mein Verhalten der letzten Tage bei dir entschuldigen, Adrian."

Ich wollte ihm endlich erklären, welche Konflikte zu meinem Absturz mit Ralf geführt hatten. Ich wollte, dass er wusste, wie wichtig er mir war und wie sehr er mich mit seinem warmen Herzen berührte. Doch Adrian legte mir nur den Finger auf die Lippen und bat mich zu schweigen.

„Ich bin es, der sich bei dir entschuldigen muss, Jonah. Ich habe mich nicht fair verhalten." Er blickte sorgenvoll in die Ferne. Dabei dachte er wohl auch an Yannick. Adrian war ein unheimlich respektvoller Mensch. Obwohl er auf den ersten Blick einen einfachen Eindruck machte, handelte er doch besonnen und moralisch auf hohem Niveau.

„Ich denke, wir haben beide nicht ganz korrekt gehandelt und hatten auch beide unsere guten Gründe dafür, Jonah. Dass du zu mir an den Flughafen nachgereist bist, rechne ich dir so hoch an, dass ich es nicht in Worte fassen kann. Das war für mich die schönste Entschuldigung, die ich je bekommen habe. Als ich begriff, dass du wegen mir dort bist, fiel jeglicher Ärger von mir ab. Und gleichzeitig war mir klar geworden, dass ich dich gerne noch näher kennenlernen möchte. Ich habe ein gutes Gefühl bei dir, weißt du?!"

Überglücklich rollte ich mich auf ihn und küsste ihn. Ich war unglaublich dankbar, dass er mir meine Entgleisung nachsah und uns beiden eine zweite Chance einräumte. Gleichzeitig erfüllte es mich mit Stolz, dass er am Flughafen die Entscheidung für mich getroffen hatte, obwohl diese ethisch sicherlich schwer vertretbar für ihn gewesen war. So wenig ich Yannick abgewinnen konnte, so hatte er ein derart jähes Ende seiner Beziehung wahrlich nicht verdient. Ich hingegen hätte mich nicht wertvoller fühlen können als in diesem Augenblick.

Bis in die tiefe Nacht hinein verließen wir unseren Liebesplatz nicht mehr. Der Himmel war klar und präsentierte sich mit seinen unzähligen, funkelnden Sternen von seiner schönsten Seite. Adrian lag warm neben mir und schenkte mir die Geborgenheit, die ich so lange vermisst hatte. Einzig die Geräusche der Nacht, die nirgends so schön klangen, wie hier am Mittelmeer, begleiteten uns durch unsere schönsten und wärmsten Stunden des Lebens.

Erst gegen vier Uhr in der Frühe zogen wir uns

wieder an, stiegen auf die alte Knatterkiste und fuhren die letzten Kilometer zu unserer Unterkunft. Unterwegs machten wir an einer Tankstelle, irgendwo im Niemandsland, halt, um das alte Moped nochmals aufzutanken. Wenigstens das war ich seinem Besitzer schuldig. Ich konnte nur vermuten, wie hart der Junge für seinen Traum vom Moped gearbeitet hatte und wie stolz er bei seiner ersten Fahrt vor seinen Freunden gewesen sein musste. Ich hatte demnach die Pflicht gut darauf aufzupassen. Also füllte ich Tank und Reifen auf und befreite den Rahmen von Staub und Dreck. Es herrschte eine besondere Atmosphäre an dieser verlassenen Tankstelle, die mit ihren neonbeleuchteten Reklameschildern fast wie ein Fremdkörper inmitten der andalusischen Einsamkeit wirkte. Selbst auf der angrenzenden Küstenstraße hatte sich die Finsternis niedergelegt. Manchmal leuchteten einsame Scheinwerfer der vorbeirauschenden Autos auf, ohne Notiz von dem Rastplatz zu nehmen. Adrian kam mit zwei Bechern Kaffee und belegten Käse-Tomaten-Sandwiches aus dem Verkaufsraum zurück. Das Klingeln der Glöckchen, der sich schließenden Tür, begleitete ihn dabei. Schweigend saßen wir auf dem Vehikel, stärkten uns mit unserem Snack und blickten in die Ferne. Um uns herum das Konzert der Zikaden. Das Schimmern der Lichter der nächsten Stadt gerade noch in Sichtweite. Wir waren nicht mehr weit von Zuhause entfernt. Eine Weile blieben wir einfach so auf dem Moped sitzen und genossen diesen besonderen Moment der Stille. Wir waren die Könige der Nacht. Dann startete ich mit einem geräuschvollen

Knall die Zündung, Adrian wurde erneut zum anschmiegsamen Koalabären und wir brausten den finalen Teil unserer Strecke in geborgener Dunkelheit nach Hause.

*

Als wir noch vor dem Morgengrauen unsere kleine Ferienunterkunft erreicht hatten, war in der Wohnung alles ruhig. Ich deutete Adrian unseren Schlafplatz auf der Couch im Wohnzimmer an, als ich bemerkte, dass die Balkontür offenstand. Ein dunkler Schatten kauerte einsam am Tisch und blickte mit glasigen Augen in die stille Nacht hinein. Ich bat Adrian, sich schlafen zu legen, und schlich mich lautlos zu dem weinenden Schatten auf den Balkon.

„Tinchen?"

„Du hast es gewusst", schluchzte Martin und richtete mich scharf. Ich wusste seinen Vorwurf sofort zu interpretieren. Pepi hatte ihm den Fehltritt gestanden. Eine schnapsige Fahne wehte von Martin zu mir herüber. Vor ihm stand eine angebrochene Flasche *Hierbas*, ein beliebter spanischer Kräuterlikör. „Unser erster gemeinsamer Urlaub sollte einfach nur eine wunderschöne Zeit werden. Aber nun ist alles unter einem riesigen Gewitter auseinandergebrochen", schluchzte er. „Warum hast du mir nicht erzählt, dass er mich betrogen hat?"

Martin packte mich erstaunlich fest am Arm. Ich hatte ganz so ad hoc auch keine Antwort parat und blickte meinen Freund schuldbewusst an.

„Es tut mir wirklich aufrichtig leid, Martin", beteuerte ich und legte meine Hand auf seine. „Manchmal ist es besser die Wahrheit nicht preis zu geben, wenn daraus nichts Gutes resultieren kann. Darum haben wir es dir verschwiegen. Aber den Fehler bereuen wir, das kannst du mir glauben."

„Pepi hat mich betrogen, während ich nur wenige Meter von ihm entfernt, in meinem eigenen Erbrochenen lag", empörte sich Martin.

„Weißt du, diese Nacht hatte nichts zu bedeuten. Wir können das weder ungeschehen machen, noch ist unser Verhalten zu entschuldigen. Dennoch finde ich es ausgesprochen ehrlich von Pepi, dass er dir seinen Ausrutscher gestanden hat. Das zeugt von wahrer Größe und bestätigt, wie ernst er es mit dir meint. Damit war er aufrichtiger zu dir als du zu ihm. Schließlich hast du selbst auch nicht gerade mit offenen Karten gespielt, Martin."

Abermals bemerkte ich, dass meine Worte in ihm Anklang fanden. Pepi war ihm ein guter Partner, auch wenn der emotionale Tornado ein Chaos hinterlassen hatte. Martin nippte an dem Glas mit dem grünlichen Likör und schob es mir vielsagend zu. Ich war müde und sehnte mich danach in Adrians Armen einzuschlafen, doch offenbar wurden meine Freundschaftsdienste noch eine Weile benötigt. Ich nippte ebenfalls an dem Glas und stimmte damit zu, noch zu bleiben. Die meiste Zeit schwiegen wir. Martin hing seinen Gedanken nach, ohne sie mit mir zu teilen. Zwischendurch ließ ich einen schlauen Satz fallen, aber ich hatte keine Ahnung, ob er meine Ratschläge suchte. Ich spürte lediglich, dass er meine Gesellschaft brauchte, und ich schenkte sie ihm.

„Warum sitzt du noch hier draußen?" Pepi schniefte zu uns rüber. „Wenn du etwas klären magst, dann komm zu mir. Wir lösen das."

Martin schwieg und kaute angestrengt auf seiner

Unterlippe, um Pepis Anblick tränenlos ertragen zu können.

„Bitte, Schatz!" Pepi streckte ihm seine Hand entgegen. „Komm mit ins Bett. Ich vermisse dich."

„Na auf, Martin." Ich gab ihm einen Schubs. „Mach schon. Pepi hat eine Chance verdient!"

Und noch während er mich verbissen ansah, reichte er Pepi die Hand. Dieser zog Martin dankend an sich und führte ihn sanft zurück in ihr Schlafzimmer.

„Ich bin froh, dass wir nicht so kompliziert sind." Ich schlurfte zu Adrian zurück auf die Couch und kuschelte mich erschöpft an seine warmen Flanken. Er hob nur kritisch eine Augenbraue. Dann lachten wir beide. Und bald darauf schliefen wir innig ineinander verschlungen ein.

*

Am frühen Mittag wurden Adrian und ich durch dumpfes, aber intensives Poltern jäh aus dem Schlaf gerissen. Wüsste man den Lärm nicht besser zu interpretieren, hätte man vermuten können im angrenzenden Schlafzimmer würden die Schränke geräuschvoll abgeschlagen.

„Ist es möglich…?" Ich sah Adrian fragend an.

„Sie sind wieder aktiv!", schmunzelte er frech.

Ich wusste nicht so recht, ob ich erleichtert darüber war, dass Tarek und Ralf sich ihrer Lieblingsbeschäftigung hingaben, oder ob ich mich darüber sorgen sollte. Ich hatte mittlerweile Verständnis für Ralf entwickelt, der in der Tat ehrliche Gefühle für Tarek hegte, sie allerdings kaum zu händeln wusste. Nichts gegen Versöhnungssex, Gott bewahre, doch war es nicht beinahe ignorant, dass sie sich zur Lösung ihres Konflikts, ihrer alten Muster bedienten?! Dem wilden Getöse aus der Schlafkammer nach zu urteilen, hatten sie einige aufgestaute Emotionen abzuarbeiten. Ich machte mir jedenfalls berechtigte Sorge um das Mobiliar.

„Das war aber eine heftige Versöhnung!", begrüßte ich Tarek mit einem Augenzwinkern, als er eine Stunde später, mit noch immer aufgeblähter Beule in der Unterhose, einen Kaffee zubereitete. Er hob eine Augenbraue.

„Wenn du das so interpretieren magst."

Er war etwas argwöhnisch. Von seiner im allgemeinen sonnigen Laune war heute nichts zu spüren.

„Klang doch gut", mischte sich nun auch Adrian in

das Gespräch ein. „Ihr scheint euch ja wieder gut zu verstehen."

„Ich hatte das Bedürfnis Ralf mal so richtig hart durchzunehmen, ihn einfach mal von hinten zu ficken und ihm zu zeigen, was er für ein kleines Würstchen ist."

Adrian und ich blickten uns vielsagend an. Tarek klang verbittert. Während ihres Aktes hatte er Ralf völlig dominiert und ihn in jene unterwürfige Rolle gedrängt, als die er ihn nun wahrnahm. Von dem stattlichen Bild eines heroischen Hengstes war nichts mehr übriggeblieben. Er war nur noch der Schatten eines Mannes, der wimmernd darum bat, nicht verlassen zu werden. Doch für Nachsicht war Tarek noch nicht bereit, obwohl er sich gleichzeitig nach den intimen Vereinigungen zurücksehnte, die sie so intensiv miteinander erlebt hatten. Die Qualität ihres Sex´ hatte sich nun verändert. Tarek empfand während ihres Aktes eher leidenschaftliche Wut, anstelle von Zuneigung. Eine gewisse Verachtung spürte er ebenfalls und doch genoss er Ralfs warmen und belastbaren Körper mit allen Sinnen.

„Soll das bedeuten, der Sex mit dir ist Bestrafung?", wagte ich den Vorstoß von Sarkasmus, ohne eine Ahnung davon zu haben, dass ich damit exakt den Kern getroffen hatte.

„Spar mir deinen schlechten Humor, Jonah!", wiegelte er mich schroff ab und goss sich unbeeindruckt einen Kaffee ein. Adrian und ich tauschten besorgte Blicke aus.

„Ich sage nur, Ralf muss mal angezeigt bekommen, wo er steht. Vielleicht lässt er ja dann die Finger von älteren, verheirateten Männern. Wenn er gerne gefickt werden will, dann soll er es auch so bekommen. Versa-Tarek, versteht ihr?!" Er klopfte sich energisch auf die Brust. Sein Ton war energiegeladen und unterschwellig aggressiv.

„Hey…", kam Ralf in die Küche, rieb sich die geröteten Augen und gab Tarek einen Kuss auf den Nacken. „Ist noch Kaffee da?"

Tarek reagierte ganz und gar reserviert auf Ralfs Annäherung und schenkte ihm keinerlei liebevolle Beachtung. Schweigend goss er Kaffee in eine Tasse und überreichte sie ihm mit kühlem Blick. Ralf ignorierte jedoch das zurückhaltende Verhalten seines Partners und kuschelte sich nun an ihn ran.

„Das war schön!" Er umarmte Tarek wohlig brummend.

„Kannst du gerne öfter haben", antwortete dieser harsch und reduzierte die Zuneigung auf den Akt. Dabei entwand er sich Ralfs Umarmung. Wir beobachteten vom Sofa das gestresste Miteinander der beiden, mit der gleichen kuriosen Neugier, mit der man Trash-TV verfolgt. Jeden Schritt, den Tarek von seinem Partner zurückwich, ging Ralf auf ihn zu, schloss die Distanz und suchte erneut die Berührung, aus der sich Tarek jedoch alsgleich wieder herausdrehte. So entstand fast schon eine unbeabsichtigte Tanzchoreografie zwischen ihnen.

„Also gut… Dann geh ins Schlafzimmer. Ich habe noch genug Reserven für eine weitere Runde. Wenn du es nochmal brauchst, dann kann ich dir gerne dein verficktes Arschloch durchrötteln."

Tarek war nun sichtlich genervt und gleichzeitig erregt davon, Ralf in die Schranken zu weisen.

Dieser machte noch auf der Sohle kehrt und tippelte schnurgerade in ihre Liebesgrotte zurück. Kurze Zeit später hallte erneut wummerndes Hämmern und knarzendes Krachen durch das kleine Apartment.

*

Am späten Nachmittag zog sich der Himmel zu und kurz darauf ertönte erstes Donnergrollen aus Richtung der Berge. Da wir alle eine lange und auf unterschiedliche Art und Weise emotionale Nacht hinter uns hatten, plätscherte der Tag nur träge vor sich hin. Als es schließlich zu regnen begann, füllte sich unser ohnehin schon nicht besonders großes Schlafsofa nach und nach mit den anderen Mitbewohnern unserer kleinen Urlaubsgemeinschaft. Wir hatten den Fernseher eingeschaltet, auf dem ausschließlich spanische Telenovelas liefen. Obwohl, mit Ausnahme von Pepi, keiner von uns die hiesige Landessprache ausreichend beherrschte, sahen wir uns stoisch eine Folge nach der anderen an. Niemand sprach ein Wort. Alle lümmelten sich, mitgenommen von herausfordernden Gesprächen und Saufgelagen im Morgengrauen oder Ironmanmäßigem Hochleistungssex, träge und maulfaul herum. Es existierte in gewisser Weise eine friedliche Ruhe, als hätte der graue Regen die Brandherde der letzten Tage endgültig gelöscht. Alle Konflikte waren durchgesprochen. Es gab keine schockierenden Fakten mehr aufzudecken. Alles lag roh und transparent vor uns ausgebreitet. Wie wir mit alledem umgehen sollten, wussten wir noch nicht, doch der emotionale Klimax war überstanden. Nun befanden wir uns in einem Vakuum, einem Zustand, zwischen dem, was wir überwunden hatten und der Zukunft, von der noch nicht absehbar war, ob sie uns Glück oder Dystopie bescherte. Durch die Enge auf der Couch zwangsweise aneinander gekuschelt, leckten wir unsere Wunden der vergangenen Tage. Auf dem Schlachtfeld war es still geworden, und die Überlebenden nickten sich anerkennend zu, die Kämpfe überstanden zu haben. Das gemeinsame Verständnis für die Aufregungen und Enttäuschungen, die jeder einzelne von uns hatte erdulden müssen, schlug nun in eine allumfassende Verbundenheit untereinander um. Obwohl ich eine wichtige Schlacht für mich entschieden hatte, blieb die Frage offen, wie Adrian und ich nach den Ferien miteinander verblieben. Hatten wir tatsächlich die Chance, uns näher kennenzulernen oder würde alles auseinanderbrechen, sobald wir wieder in unserem Alltag eingebunden waren, wo uns die Distanz unserer Heimatorte trennte. Ich empfand große Gefühle für ihn. Dieser kleine Muskelmann hatte mein Herz mit seinem liebenswert ehrlichen Charakter berührt. Es fühlte sich so vertraut und gleichzeitig anziehend geborgen an, wie er seinen Platz in meinen Armen fand, während wir uns von den spanischen Darstellern im TV berieseln ließen. Seine Haut duftete immer noch so männlich süß, wie in der Nacht. Erneut atmete ich seine Nähe begierig ein und nahm seinen unwiderstehlichen sexy Geruch in mir auf. Alles an ihm machte mich komplett an. Seine Hände waren rau von der Arbeit im Straßenbau und dem Training an den Fitnessgeräten, doch sie hatten mich im Liebesspiel mit zärtlicher Intensität wahnsinnig gefühlvoll liebkost. Vor meinem geistigen Auge blitzten Sequenzen unserer ersten gemeinsamen Berührungen auf. Die Erinnerung an die anziehende Stärke seines geschmeidigen Körpers und die perfekte Silhouette seines Liebesmuskels, mit dem er sich mir hingegeben hatte, machten mich direkt wieder scharf und ich konnte auf einmal nicht widerstehen, einen langen und tiefen Kuss einzufordern. Adrian erwiderte mit eben der gleichen gefühlvollen Intensität, die er bereits auf den Klippen gezeigt hatte. Ich bekam sofort einen Ständer. Adrians Sporthose zeichnete ebenfalls eine eindeutige Silhouette seiner Erregung ab und wippte am Hosenbein anerkennend in die Höhe, soweit es der Stoff zuließ.

Und dann passierte das Unfassbare, mit dem wirklich keiner von uns gerechnet hatte.

*

All meine Sinne waren noch auf meinen Mundraum fokussiert, wo ich Adrians Zungenspiel genoss, und diese zärtlich energische Hitze empfing, die er mir mit seiner Zuneigung schenkte. Sein kompakter Körper klebte heiß an meinem und verstärkte meinen Wunsch, mich tief in ihm zu versinken. Er empfand wohl ebenso, denn seine Küsse gewannen an stürmischer Energie, während seine Atmung diesen ganz bestimmten, aufgeregten Klang annahm, den man nur beim Sex erzeugte. Schamlos wanderte meine Hand nun über den Bund seiner Sporthose auf der Suche nach dem warmen Muskel seiner Lenden, als ich plötzlich feststellte, dass der Platz auf seinem perfekten Schwanz bereits belegt war. Als ich verwundert die Augen öffnete, ordnete ich die fremde Hand Tarek zu, der mich verschmitzt anlächelte.

„Dein Freund hat einen ganz schönen Maiskolben in der Hose!" Er leckte sich über die Lippen, während Adrian sich der Berührung hingab. Vermutlich wäre die richtige Reaktion Empörung über Tareks Dreistigkeit gewesen, doch ob es an den Nachwehen des Kräuterlikörs lag oder meiner eigenen unfassbaren Geilheit zugeschrieben werden musste, teilten sich unsere Hände stattdessen Adrians zuckende Beule. Die spanischen Darsteller der Telenovelas kommentierten unseren ungehörigen Akt mit rassiger Sprache und rollendem „r", doch ansonsten hatten sie unsere Aufmerksamkeit verloren. Auch Martin und Pepi hatten etwas von der hitzigen Atmosphäre aufgenommen und lagen sich küssend in den Armen. Endlich schenkten sie sich all jene Gefühle, die sie den gesamten Urlaub ersehnt hatten, aber nicht umzusetzen wussten. Obwohl manch zugeknöpfter Charakter in jener Freimütigkeit nicht unbedingt leidenschaftlich geworden wäre, reduzierte sie für Pepi und Martin den Druck ihrer intimen Problematik. Nun standen sie nicht mehr als alleinige Akteure auf der Bühne der Erotik und konnten sich daher, abseits der Schweinwerfer, ganz ungehemmt entfalten. Die Anonymität der Gruppe, bot ihnen den perfekten Rahmen dafür. Es muss wohl nicht erwähnt werden, dass auch Ralf sich schnell in das Geschehen eingebracht hatte. Nirgendwo anders fühlte er sich wohler und selbstsicherer als im Zwielicht der Leidenschaft. Sexualität war seine Homebase. Hier erwachte der wahre Ralf in seiner agilsten Form. Zunächst agierte er im Hintergrund und ließ die Dinge sich entwickeln. Er wollte tunlichst vermeiden, dass man ihm im Nachhinein erneut Vorwürfe machte – so wie bei der orgiastischen Zusammenkunft im Ferienhaus. Daher beobachtete er, sich selbst streichelnd und knetend, zunächst die Szenerie, stets bereit teilzuhaben, sobald man ihn dazu einlud. Es bedurfte nur eines kurzen Zunickens von Tarek und schon war Ralf zur Stelle, übersäte seinen hübschen Freund mit Küssen und verteilte seine Zuneigung auch an Adrian und mich. Er verwöhnte uns gleichermaßen mit der gesamten Vielfalt seiner Erfahrung, als dass er auch lustvoll unsere Zuwendung empfing. Erste Kleidungsstücke verteilten sich wild in dem gesamten Raum. Das Klima in dem Apartment glich nun einer feuchttropischen Nacht und der Geruch von Männerschweiß und Testosteron füllte die Luft. Schon bald ergriff eine rauschhafte Geilheit von uns Besitz. Wir lebten zu viert unsere Lust miteinander aus, während Martin und Pepi ihre Zweisamkeit direkt neben uns genossen. Ein Akt der gemeinschaftlichen Liebe und derber Hemmungslosigkeit vereinte sich auf intimste Weise. Brunftige Laute und unkontrollierbare Entzückungsrufe hallten nun bis auf die Straße und selbst in der kleinen *Tienda* unter unserem Apartment, war unser verräterisches Rumpeln deutlich zu hören.

Erst am frühen Abend hatten sich unsere hitzigen Gemüter beruhigt. Wir hatten unsere Bedürfnisse auf die schönste Art und Weise aneinander abgearbeitet und regenerierten nun gemeinschaftlich unsere postorgastische Erschöpfung. Es gab Hagebuttentee und ein schnödes Abendessen, Spaghetti mit Tomatensoße, welches wir direkt vor dem Fernseher einnahmen. Schweigend und glücklich kuschelten wir uns auf dem beengten Sofa aneinander. In der Geborgenheit der Gruppe döste immer wieder der ein oder andere ein und so vernahm man hier und da ein leises Schnarchen und Schnauben oder zufriedenes Schmatzen. Inmitten des kuscheligen Sauhaufens empfand ich eine allumfassende und nie dagewesene Sicherheit. Weder Bedrohlichkeit noch Zweifel wären gegen jene Schutzmauer angekommen.
Kurioserweise erzeugte der gemeinschaftliche Sex, der noch Tage zuvor zu schwerwiegenden Problemen zwischen uns geführt hatte, dieses Mal exakt

die gegenteilige Wirkung. Adrian und ich redeten in der Nacht noch lange darüber, während die anderen schon in ihren Schlafräumen friedlich schlummerten, und benannten den Akt zutreffend als *Rescue-Sex*.

*

Tatsächlich wurde besagter *Rescue-Sex* zum Wendepunkt unseres Urlaubs. Ab diesem Tag genossen wir unser Zusammenleben in der kleinen Ferienwohnung sichtlich. Gemeinsame Wanderausflüge in die Berge, sonnige Tage am Strand, miteinander Kochen am Abend oder Essen gehen in den einheimischen Gaststätten der Stadt. Es fühlte sich an, als wären wir uns seit Jahrzehnten vertraut. Mit Adrian hatte ich die beste Zeit. Bei all unseren Aktivitäten und Unternehmungen war er immer an meiner Seite, seine Hand sicher in meiner. Aus ihm und mir, war ein unzertrennliches wir geworden, wie ich es nach unserem ersten Eindruck am Frankfurter Flughafen niemals für möglich gehalten hätte. Selbst unsere Unterhaltungen, die anfänglich so brüchig gewesen waren, hatten sich zu aufregenden Gesprächen und der Entdeckung unzähliger Gemeinsamkeiten gewandelt. Unterm Tage schenkten wir uns wahnsinnig viele Küsse und hingen so dermaßen eng aufeinander, dass wir die anderen mit unserer Verliebtheit schon beinahe nervten. Und in der intimen Stille der Nächte genossen wir unsere Körper mit neugieriger Leidenschaft und aufregenden Orgasmen. Sie fühlten sich noch schöner an als bei unserer ersten Zusammenkunft auf den Klippen. Ich erlebte von nun an einen wahren Sommer der Liebe. Tarek kommentierte unsere Zweisamkeit recht selbstgefällig. „Ich hatte dir doch gleich gesagt, dass ich den perfekten Partner für dich gefunden habe. Glaubst du mir jetzt, dass du dich auf mein Urteil verlassen kannst?"

Auch bei Martin und Pepi zeichneten sich erste Erfolge ab. Sie kannten nun die Ursache ihrer Schwierigkeiten im Bett und diese Erkenntnis verringerte die Kränkung enorm, die sie zuvor erfahren hatten. Sie entwickelten Verständnis für ihre Problematik und obwohl sie noch keine rechte Lösung gefunden hatten, bestritten sie den Urlaub hoffnungsfroh. In der Anonymität der Gruppe fiel es ihnen einfacher, sexuell zu werden und so forcierten sie immer wieder Raum für orgiastische Abenteuer. Tatsächlich vereinigten wir uns noch oft zum Rudelbums in variationsreichen Formationen und erlebten unsere ganz eigene Version des Begriffs *Sextourismus*. Unser neuerlich entstandenes Gemeinschaftsgefühl wurde auf diese Weise nochmals enorm verstärkt. Sowohl unterm Tage als auch in der Nacht verhielten wir uns zärtlich zugewandt, suchten die Berührung untereinander und entluden uns letztendlich im gemeinschaftlichen Verkehr. Unsere Orgien gestalteten sich fantasiereich und ausgelassen, variierten vom reinen Partnertausch, bis hin zu einer Sexolympiade, die wir während eines feuchtfröhlichen Abends kreiert hatten. Das Konzept hierbei war eine Art sexueller Mehrkampf in unterschiedlichen Disziplinen, der mit einem Augenzwinkern zu betrachten war und zur reinen Belustigung beitrug. In diesem nicht ganz ernst genommenen Wettstreit konnte man beispielsweise Punkte für ästhetische Ausführung oder angewandte Spezialtechniken während des Aktes gewinnen; aber auch akrobatische Stellungen, Porno-Attitude und Spaßfaktor bekamen das ein oder andere Extrapünktchen. Am Ende gab es eine Siegerehrung mit Übergabe der Schleppe. Das Ganze bescherte uns irre viel Gelächter. Vermutlich auch hier eine wichtige Erkenntnis für Martin, Sexualität mit Spaß und Freude zu verbinden und weniger als Leistungserbringung anzusehen. Auch Tareks sonniges Gemüt war wieder erblüht. Er und Ralf knüpften an alte Tage an und genossen zahlreiche Vereinigungen. Doch so unbelastet und lebhaft bei ihnen im Bett die Funken auch sprühten, so reserviert verhielt sich Tarek noch immer abseits des Schlafzimmers. Wie immer machte er gute Miene und ließ sich den inneren Kummer nicht anmerken, doch hatte er offenbar mit Zweifeln zu kämpfen, ob eine Beziehung zu einem Mann wie Ralf funktionieren konnte. Obwohl nicht alle Konflikte geklärt waren, hatten wir dennoch eine großartige Zeit miteinander.

Für unseren letzten gemeinsamen Abend reservierten wir uns einen Tisch in dem Fischrestaurant an der kleinen Bucht, in deren Nähe Adrian und ich uns das erste Mal geliebt hatten. Man hatte uns einen Platz, direkt an der Brüstung zum Meer, eingedeckt, wo wir einen phänomenalen Ausguck genossen. Das Rot der untergehenden Sonne wetteiferte mit der azurblauen Unendlichkeit des Meeres. Obwohl das Restaurant etwas versteckt lag, war es jeden Tag bis unters Dach ausgebucht. Aufgrund der Bootsanlegeplätze nutzten viele Yachtbesitzer die idyllisch gelegene Bucht als Ausflugsziel. Weiße Tischdecken bewegten sich sachte im Wind, Kristallvasen voll bunter Schnittblumen standen darauf. Der Fisch wurde täglich frisch, direkt von den einlaufenden Fischkuttern abgekauft, noch bevor diese ihren Fang auf die Großmärkte der umliegenden Städte verfrachteten.

„Das ist ja ein richtiger Geheimtipp", staunte Pepi über das Ambiente. „Woher kanntet ihr das?"

Adrian warf mir mit leuchtenden Augen einen liebevollen Blick zu und drückte meine Hand noch ein wenig fester.

„Das war tatsächlich reiner Zufall", antwortete ich geheimniskrämerisch und hielt die pikanten Details verborgen. „Wir wussten selbst nicht, dass wir hier eine derart exklusive Qualität geboten bekommen. Wir fanden lediglich, dass die Atmosphäre so schön festlich wirkte. Genau richtig für einen gebührenden Abschluss unseres Urlaubs, findet ihr nicht auch?"

Alle brummten zustimmend und bestaunten weiß eingedeckte Tische mit Sektkübeln und Fischplatten darauf, eingerahmt durch Küste und Meer.

„Es ist fast traurig, dass der Urlaub nun vorbei ist", meldete sich Ralf zu Wort. „Ich habe die Zeit mit euch Jungs von Anfang an genossen. War großartig, euch kennenzulernen." Er hinterließ einen melancholischen Eindruck. Als der *Camarero* kam, orderte Ralf die große Fischplatte für sechs Personen und Champagner für alle.

„Geht heute auf mich, Jungs."

Großes Gejubel brach aus.

„Solange ich noch Einnahmen habe, ist es mir das wert, diese mit den Menschen zu teilen, die mir am meisten bedeuten."

Seine Augen glänzten feucht und Tränen stiegen

darin auf. Wir alle spürten eine gewisse Melancholie über diesem Abend schweben. Es hatte sich eine kostbare und überaus außergewöhnliche Freundschaft zwischen uns entwickelt. Hatte diese auch nach unseren Ferien bestand? Doch in Ralfs Worten schwang Furcht mit. Zwischen Tarek und ihm war nicht alles in Ordnung gekommen. Ihre Zukunft blieb ungewiss. Ralf wollte weder seinen Partner verlieren, noch mochte er auf die gewonnenen Freunde verzichten. Ohne Tarek würde er diese vermutlich nicht halten können. Gleichzeitig plagte ihn der Kummer mit der Firma und seine unbearbeitete Sexsucht. Womöglich hatte er die größte Last von uns zu stemmen. Auch Tarek bekam nun glänzende Augen, denn für ihn klangen die Worte seines Partners nach Abschied. Er wusste nicht, ob er sich ihm je wieder würde öffnen können. Sein Herz war seit dem Zwischenfall bei den Armands verschlossen. Ralfs Eskapade schmerzte und beschämte ihn. Niemals zuvor hatte er sich dermaßen bloßgestellt gefühlt. Er hasste Ralf dafür, dass er ihm damit seine Hoffnungen auf ein bisschen Glück genommen hatte. Er war schon oft auf die Illusion von Partnerschaft reingefallen, doch Ralf brachte etwas wahrhaftiges in ihre Beziehung, jedenfalls anfänglich. Trotz der örtlichen Distanz war eine Verbindlichkeit spürbar gewesen, die sich in ihren nächtlichen Telefonaten und den gemeinschaftlichen Plänen fürs Wochenende gezeigt hatte. Nach ihrem ersten Date, das im Bett geendet hatte, war Ralf geblieben. Tarek rechnete aus der Erfahrung heraus, dass er spätestens nach dem Kaffee seine Sachen packte und ihn verließ, doch Ralf war erst zwei Tage später zurück nach Garmisch-Partenkirchen gefahren. Und das nur, weil er einen geschäftlichen Termin hatte. Jener Anfang ebnete Tareks Vertrauen in den Bestand ihrer Beziehung. Doch diese Blase war nun geplatzt. Tarek liebte Sex ebenfalls, gerne viel davon und ausschweifend, doch würde er tatsächlich eine ernsthafte Beziehung mit einem Mann leben können, der an einer Sucht daran litt? Er zweifelte daran und dennoch waren sie im Bett so leidenschaftlich innig, dass er den Eindruck hatte, alles sei richtig. Er rieb sich mit dem Handrücken eine Träne davon und gab sich erneut fröhlich.

„Dann mal auf den großzügigen Spender."

Er hob sein Glas und lächelte in die Runde.

Nachdem die erste Melancholie über das Ende unseres gemeinsamen Urlaubs verflogen war, verbrachten wir einen gebührend schönen letzten Abend zusammen. Der gegrillte Fisch schmeckte nach geschmolzener Butter und Knoblauch, angereichert mit Aromen von Orange und Limonen und war einfach fantastisch. Dazu reichte man uns gebackene Rosmarin-Kartoffeln und gegrilltes Gemüse. Bis in die tiefe Nacht hinein saßen wir auf der Terrasse des Restaurants und verbrachten bei mehreren Gläsern Wein eine himmlische Zeit. Der Seewind befreite die Köpfe von Ballast und so hörte man unser Scherzen und Lachen, bis die letzten Gäste gegangen waren. Ralf machte sein Versprechen wahr und übernahm das komplette Menü bis zum letzten Tropfen Wein auf seine Kosten. Vermutlich wären wir noch eine ganze Weile länger auf der Terrasse sitzen geblieben, wenn nicht das Personal bereits alle Tische um uns herum zusammengerückt und nun sich selbst ungeduldig, mit gefalteten Händen wartend, hinter uns aufgereiht hätte. Um die Gastfreundlichkeit nicht noch weiter zu strapazieren, verließen wir bald das kleine Restaurant.

Wir schlenderten über die Holzplanken des Anlegestegs, an den schlummerten Booten entlang, der unendlichen Weite entgegen. Das alte Holz war rau und von der Gischt der Gezeiten an einigen Stellen morsch angefressen. Als wir schließlich sein Ende erreicht hatten, fühlten wir uns wie auf einer einsamen Insel, umgeben von nichts als Nachthimmel und Meer. Dort nahmen wir nebeneinander Platz und starrten eine ganze Weile ehrfürchtig in die Ferne, Adrian in meinen Armen. Der Mond stand beinahe voll am Himmel, sein Licht glitzerte silbern auf den Meereswogen, begleitet vom gleichmäßigen Rollen der Wellen und den funkelnden Lichtern am Firmament.

We´re walking in the air
We´re floating in the moonlit sky
And everyone who sees us greets us as we fly

Martin stimmte die märchenhafte Liebeserklärung aus dem Kinderfilm *Der Schneemann* an. Die pure Schönheit der Nacht, hatte ihn spontan dazu bewegt. Der sichere Klang seiner Stimme fing uns alle ein und es gab nichts weiter zu tun als seinem Gesang zu lauschen. Adrian kuschelte sich noch inniger in meine Umarmung. Seine liebevolle Nähe gab mir alles.

I´m holding very tight
High up in the midnight blue
I´m finding I can fly so high above with you...

Es war das perfekte Ende eines spektakulären und hochemotionalen Urlaubs. In diesen knapp vierzehn Tagen hatte sich mein Missmut zu Beginn der Reise über einen turbulenten Weg in eine herzergreifende, voller Liebe gefüllte und wahnsinnig schöne Zeit entwickelt. Im Laufe der Reise waren aus sechs unterschiedlichen Charakteren, die zunächst so gar nicht zueinander passen wollten, für eine kurze Weile eine ganz besondere Einheit geworden. Wir hatten alle unseren tiefsten und schmerzhaftesten Punkt durchlebt, ihn mit mehr oder weniger kleinen Narben überstanden und starteten nun offen in eine frische Zukunft, was immer sie auch bringen mochte.

We´re surfing in the air
We´re swimming in the frozen sky
We´re drifting over icy mountains floating by
We are holding very tight
We´re dancing in the midnight blue
I´m finding I can fly so high above with you…

*

„Chicos, sie sind fertig."
Stolz präsentierte Pepi ein Tablett voll kleiner Weizenpfannkuchen, die nach karamellisiertem Zucker und Zimt rochen.
"Hmm… die Pfannkuchen riechen ja köstlich."
Tarek stibitzte sich einen der süßen Leckereien, nur um sich die Finger daran zu verbrennen.
„Vorsicht! Die sind doch noch heiß!"
Pepi zog den Teller beiseite, um ihn vor weiterem Schwund zu bewahren. „Außerdem sind sie als Nachtisch gedacht. Das Rezept für meine *Gorditas de Nata* stammt noch von meiner Mama. Wir haben sie oftmals gemeinsam zu unseren *Fiestas* gebacken oder wie heute zum Jahreswechsel. Der Teig ist mit frischer Sahne verfeinert. Ihr werdet sie lieben."
„Verdammt lecker!", schmatzte Tarek mit vollem Mund. Er hatte sich die süße Nascherei, ohne abzubeißen, komplett einverleibt und griff bereits gierig nach Nachschub. Doch Pepi war flinker und so tastete Tareks Hand nur ins Leere.
„Schluss damit!", herrschte er nach gewohnter Pepi-manier. „Kümmere dich lieber darum, dass dein Salat fertig wird, damit wir bald mit dem Essen anfangen können. *Anda!*"
Wir hatten uns für den Silvesterabend alle bei Adrian und mir zusammengefunden. Ich hatte seit Oktober meine neue Arbeitsstelle in Köln angetreten und erst kürzlich mit Adrian unsere gemeinsame Wohnung bezogen. Seit unserem Urlaub in Andalusien waren wir unzertrennlich

geworden. Zunächst waren wir regelmäßig zwischen Köln und Heidelberg gependelt, doch schon bald war aus anfänglicher Verliebtheit eine derart starke Bindung entstanden, dass die Tage ohneeinander für uns immer unerträglicher geworden waren. Auf einmal war da Liebe. Als wir das begriffen, stand schnell der Entschluss fest, unser komplettes Leben miteinander zu teilen. Die neue Arbeitsstelle war leichter zu finden gewesen als unsere gemeinsame Wohnung. Und so dauerte es seine Zeit, bis wir schlussendlich zum ersten Advent unser neues Heim bezogen hatten. Daher standen nun überall noch Kisten und Kartons herum und warteten nur darauf von uns endlich ihren festen Platz zu finden. Dennoch hatten wir für den Besuch von Tarek, Martin und Pepi das gröbste Durcheinander beseitigt und so erstrahlte zumindest die Küche und der Wohnbereich im nachweihnachtlichen Glanz. Ich war unendlich froh, dass meine Freunde uns besuchten. Ich hatte sie seit meinem Umzug nach Köln nicht mehr gesehen und vermisste meine Jungs. Schon den gesamten Dezember hatten wir über unzählige WhatsApp Nachrichten und so manchen Telefonaten den Kontakt zueinander gesucht und schließlich für den Jahreswechsel ein festliches Silvesterdinner zusammengestellt. Adrian und ich hatten akkurat alle Einkaufslisten abgearbeitet und die Zutaten besorgt. Jeder von uns leistete seinen ganz eigenen Beitrag für das Dinner. Tarek hatte sich als Vorspeise für einen Blattspinat-Schafskäse-Salat mit Granatapfel entschieden, Adrian und ich waren in den letzten Zügen für eine vegane Variante von rotem Curry auf Reis und Martin und Pepi hatten für den Nachtisch gesorgt. Neben den besagten *Gorditas de Nata* hatte Martin ein Frischkäse-Honig-Gemisch auf Gewürzspekulatius kreiert, das mit gehackten Nüssen und Zimt verfeinert war. Es war ein unerwartet berauschendes Gefühl, meine Jungs wieder einmal ganz real in die Arme schließen zu können. Die Freude darüber, endlich wieder alle beisammen zu sein, führte erstmal über einen langen und ausgiebigen Austausch bei Aperol und sprudelnden Gesprächen, zu einer herrlichen Zusammenkunft. Alte und neue Zeiten wurden aufgelebt und wir erfuhren die spannendsten und skurrilsten Ereignisse aus Tareks Datingtagebuch. Es war, als wären wir nie voneinander getrennt gewesen. Irgendwann brach dann die große Hektik in der Küche aus, als wir festgestellt hatten, wie spät es bereits geworden war, ohne dass auch nur irgendjemand einen Finger für unser Menü gerührt hatte. Ich fand es wunderschön!

„Pepi hat euch ja noch gar nichts von den jüngsten Neuigkeiten erzählt." Martin umarmte seinen Partner stolz. „Er hat jetzt die Zusage vom Steigenberger-Hotel in Deidesheim erhalten."

„Ja, echt?! Das ist ja Wahnsinn! Da freue ich mich für dich! Siehst du, ich hatte dir doch gesagt, dass es klappt." Ich zwinkerte ihm über die Tafel hinweg zu.

„Die Zusage kam jetzt ganz frisch. Ich habe dann zwar ein paar Kilometer mehr zur Arbeit, aber immerhin bin ich die blöden Schichten aus der Bar los."

„Gratulation, Pepi!" Auch Adrian freute sich. „Du

wirst bestimmt ein prächtiger Weinkenner!"

„Danke, Adrian. Die Bezeichnung ist *Sommelier*. Ich denke, ich bekomme das ganz gut hin, ja!", erklärte er selbstbewusst, als es plötzlich an der Tür klingelte. Adrian und ich sahen uns verstohlen an.

„Wer kommt denn jetzt noch um diese Zeit? Es ist doch fast schon Jahreswechsel."

Allgemeine Verwunderung machte sich breit. Als ich den unerwarteten Gast, der in Smoking und Fliege gekleidet war, hereinführte, wurde nicht schlecht gestaunt. Tarek wurde auf einmal richtig blass, als er den schicken Fremden erkannte.

„Ralf, was machst du denn hier?!" Seine Augen glitzerten. Er hatte seinen Expartner seit ihrer Trennung, kurz nach den Ferien, nicht mehr gesehen. Ralf hatte jedoch den Kontakt mit mir gehalten, soweit man das so nennen konnte. Ein bis zwei Mal pro Monat kam eine Nachricht von ihm, meist, ganz typisch Ralf, in kurzen, einzeiligen Sätzen geschrieben. Kommunikation war nicht gerade sein Steckenpferd, doch immerhin meldete er sich mit einer gewissen Beständigkeit und ich erzählte ihm von uns. Auf diese Weise konnte er zumindest noch ein bisschen an Tareks Leben teilhaben. Obwohl ihre Trennung einvernehmlich gewesen war, vermisste er seinen Expartner.

„Du... Du siehst so anders aus", stotterte Tarek ergriffen. In der Tat war das stattliche Bild von Ralf in einem Anzug eine attraktive Überraschung. Er hatte abgenommen und wirkte schmal um die Wangen, doch ansonsten strahlten seine Augen glücklich und erholt. Nachdem er alle mit einer festen Umarmung gegrüßt hatte, nahm er direkt neben

Tarek Platz. Verlegen saßen die beiden Männer nebeneinander und kämpften mit den positiven Emotionen, die sie augenblicklich einholten. Unser Plan schien aufzugehen. Adrian und ich hatten uns nach kurzer Beratung dazu entschieden, Ralf einzuladen. Es war nicht nur eine gute Gelegenheit, ihn wieder zu sehen, wir befanden zudem, dass es an der Zeit war, Tarek aus seinem Liebesleben-Schlamassel zu erlösen. Das Chaos um seine Affären ließ sich nicht länger ertragen. Er hatte sich seit dem Sommer in die skurrilsten Verabredungen gestürzt und dabei sein Herz an Kerle vergeben, die sich seiner regelrecht unwürdig erwiesen. Ich war tief im Inneren der Überzeugung, dass Ralf ein guter Partner für Tarek war. Es machte mich traurig, dass sie trotz wahrhaftiger Gefühle zueinander, keine Lösung für ihre Probleme gefunden und bald schon resigniert hatten. Ralf besuchte nun eine Selbsthilfegruppe für Sexsüchtige Männer und schien nun allmählich die inneren Prozesse zu verstehen, die seine triebhaften Mechanismen befeuerten. Ich fand daher, dass es an der Zeit war, dass die beiden wieder zueinander fanden und tatsächlich entstand ein intimes Gespräch zwischen ihnen an der Tafel, während wir anderen uns über Martins und Pepis Zukunftspläne unterhielten. An Tareks funkelnden Augen erkannte ich, wie gut ihm der Austausch mit seinem Expartner tat. Ich war guter Hoffnung, dass dieser Abend ein Neustart für beide bedeuten würde.

„Macht euch mal bereit. Gleich ist es soweit…"

Adrian kam aus der Küche zurück und balancierte ein Tablett mit sechs Sektgläsern darauf. Mir wurde es warm im Herzen, als ich beobachtete, wie fürsorglich er unsere Gäste umsorgte. Goldene Luftbläschen stiegen geradezu festlich in den Gläsern empor und tanzen spiralförmig in die Höhe.

„Zehn...Neun...Acht...", zählten unsere Freunde lautstark die letzten Sekunden des alten Jahres herunter. Ich blickte gedanklich das letzte Mal zurück auf ein Jahr voller schmerzhafter Tiefschläge und alles beglückender Höhepunkte, auf alte und neue Freundschaften, und freute mich auf eine Zukunft, die gebührend daran anknüpfte...

„...Drei...Zwei..."

„Auf unsere nächste gemeinsame Reise!", warf Pepi plötzlich in die feierliche Runde ein.

„EINS!!!", besiegelten wir die Idee, indem sechs langstielige Kristallgläser mit einem heiteren klirren aneinanderstießen.

Ebenfalls erschienen von Timo Vega

Louis und die Hexe von Nordstrand –
ein queerer Kriminalroman

Die Drei Männer Salahs -
Ein homoerotischer Roman über erste sexuelle Erfahrungen und Traumabewältigung

Der Innere Punkt -
Eine Kurzerzählung über das Psychogramm einer genderfluiden Person

Timo Vega

Louis
und die Hexe von Nordstrand

Ein queerer Kriminalroman

BoD – Books on Demand GmbH, Norderstedt

Timo Vega

Louis und die Hexe von Nordstrand

Die mysteriösen Kriminalfälle des Louis Pankauke

Als Louis einen Kurzurlaub auf dem Hof seiner beiden Tanten an der Nordsee verbringt, gerät er schnell in einen Strudel mysteriöser Ereignisse. Nicht nur, dass ein unbekannter Verfolger ihm ein makabres Geschenk hinterlässt, so ist auch der alte Leuchtturmwärter Heinrich seit einiger Zeit spurlos verschwunden. Unter den Einwohnern im Dorf halten sich hartnäckige Gerüchte, eine Hexe treibe ihr Unwesen. Zusammen mit seinem vierbeinigen Gefährten Rufus und dem hübschen Pascal vom angrenzenden Reiterhof begeben sich die Freunde auf die Suche, die Geschehnisse aufzuklären, und stoßen bei ihren Recherchen auf einen schrecklichen Fund und eine unfassbare Tragödie, die bis weit in die Vergangenheit zurückreicht.

#Gaycrime #Spannung # Junge Detektive #Behagliche Wärme

TIMO VEGA

DIE DREI MÄNNER
SALAHS

BoD – Books on Demand GmbH, Norderstedt

Timo Vega

Die Drei Männer Salahs

Als Salah seinen ersten Ferienjob im Hotel Eden annimmt, ahnt der junge Spanier nicht, welche Geheimnisse der Sommer birgt. Nicht genug, dass er das erste Mal auf sich allein gestellt ist, stellen auch noch drei Männer sein Leben auf den Kopf.
Verwirrende Gefühle und zwielichtige Abenteuer wecken bislang ungeahnte Begierden in Salah, bis ein einschneidendes Erlebnis ihn fast zerbricht.

'Die Drei Männer Salahs' handeln von geheimen Leidenschaften und sexueller Grenzerfahrungen, von Traumabewältigung und Liebe. Und alles verpackt in der Leichtigkeit des Sommers

#Erotik   #Sommerliebe   #Coming   Out #Traumabewältigung

Timo Vega

Der Innere Punkt

BoD – Books on Demand GmbH, Norderstedt

Timo Vega

Der Innere Punkt

Die Kurzerzählung `Der Innere Punkt` begleitet einen namenlosen Mann in Frauenkleidern, der sich, nach einer bitteren Enttäuschung, plötzlich die Frage nach seiner eigenen Identität, seinem inneren Punkt, beantworten muss.

Eine unlösbare Aufgabe? Oder ist der Prozess der Selbstfindung bereits in Arbeit?

#Genderfluide #Innere Leere #Weiße Depression #Identitätssuche

Zum Autor

Als selbst queer lebender Mann verfasst der Autor seit 2023 unter dem Pseudonym Timo Vega seine Erzählungen aus Sicht der LGBTIQ-Community. Dabei fühlt er sich gleich in mehreren Genres zuhause.

Nach der erfolgreichen Publikation seiner zum Nachdenken anregenden Kurzgeschichte >Der Innere Punkt< über eine genderfluide Person, begann die Karriere von Timo Vega rasant an Fahrt aufzunehmen.

Noch im gleichen Jahr verzauberte die homoerotische Liebeserzählung >Die Drei Männer Salahs< die Lesenden mit der einfühlsamen Liebesgeschichte des jungen Salahs, der sich auf eine abenteuerliche Gefühlsreise einlässt.

Ein Jahr später versüßte der Autor die Ferien seiner Leserschaft mit dem kurios unterhaltsamen Urlaubsroman >Sechser-Vergnügen<, in dem er mit zynischer Komik die Hürden des Single-Daseins und die Schwierigkeiten um Freundschaft und Liebe thematisierte.

Mit der Veröffentlichung der ersten Ausgabe seiner spannenden Krimireihe um den jungen Detektiv Louis, betritt Timo Vega erneut gekonnt neues Terrain. Seine Fans dürfen sich auf aufregende Unterhaltung, realistisch dargestellte Charaktere und zuckersüße Hauptprotagonisten freuen. Euch allen ein pures Lesevergnügen wünscht euch euer

Timo Vega